人間たちの庭

ホテル・サピエンス

レーナ・クルーン
末延 弘子 訳

西村書店

……合理的な人間のふるまいは、絶対的な偶然と絶対的な決定論、つまり絶対的な雲と絶対的な時計のあいだにある。

カール・ポパー『客観的知識』

HOTEL SAPIENS
Leena Krohn

This work has been published with the financial assistance of
FILI – Finnish Literature Exchange

FILI FINNISH LITERATURE EXCHANGE

目次

第一章　ゼリー

光のない海の数々の裂け目に、取るに足らないゼリー状の生物たちが棲んでいる。それぞれの個体が群れて、はるかに大きな新しい生物を形成する。それは海面に浮上してくるときもある。広大な大洋に棲息する有毒なカツオノエボシを覚えている人はいるだろうか。それは個虫《zooid》である。独立した動物でありながら、群れをなす社会であり、一でもあり多でもある。この王国がうねり、縮み、広がっていく様子を見よ。緩慢な流れにやさしく揺すられ、珊瑚礁や藻が生えた難破船をゆらゆらと通りすぎ、巨大な傘が古代都市の廃墟を滑っていく様子を見よ。青白い体色がターコイズの輝きに変わり、うねっては縮み、ふたたび膨らんで、常に新しく変わり続ける顔を見よ。体長が四十センチにまで伸びたとき、その巨大な頭部は、インドコブラか、

第一章　ゼリー

サイか、年老いた男の怒りで歪んだ顔を思わせる。

人類は七十億の個体に見えるが、少し気をつけて目を凝らしてよく調べてみてほしい。それは同じ一つの生物なのだ。私たちは乾いた地上で、あのメドゥーサのような怪物を共に形成している。一つの有機体を選んでみよう。例えばここ、ホテル・サピエンスの誰か。誰でもいい。肉体を持ったどんな人物でも、今ペンを握っている私でもいい。これも一つというのだろうか？　その名前で呼ばれ、それ自身でもある肉体、あるいは乗り物、あるいは仮の住まいは、何十億個からなる生き物たちの共同体なのだ。その心は、いくつもの意思や自我が入れ子状になり、入れ替わり、競い合っている……。

全体は部分を知らず、部分は全体を知らない。それの中で激しく沸き立つ有機体の塊は、古いものが衰えて死に、新しいものが生まれ続ける全人類と同じ不確定な状態にある。これらの生物は個々に独立し、自分の世界に生きていると信じていることだろう。

何という思い違い！　何という誤り！

第二章　盗まれた空

返事を待ってもう長い。慎重の上にも慎重を重ねて何度も書き直した手紙を、この国の外務大臣である男爵夫人に私は送った。先生と閣下では、どちらのほうが気の利いた呼び方なのか決めかねたので、彼女自身に選んでもらうことにした。

先生／閣下　殿

私たちの町や州、さらには国全体に、毎日のように空から撒き散らされる化学物質にどうか留意していただきたく、お願い申し上げます。その爪痕は空を見上げれば誰の目にも明らかです。すべての国民と人類の未来を脅かす毒殺行為を終わらせ、犯人が刑に服すよう、直ちに必要な措置を取っていただきたく存じます。

ご存じかと思いますが、先日の地震は自然災害ではなく故意にもたらされたものです。もう数十年にわたって地震兵器が使用されてきたのは周知の事実であり、数多くの高名な研究者、科学者並びに国家元首の認めるところでもあります。電磁波を利用して地震を発生させ、気象変動を起こし、火山を噴火させることが可能であることもご存じだと思います。近年の津波もハリケーンも洪水も、特定の外部の力や機構や政府によってもたらされたものです。どのような措置を今とるべきなのか、それをもっとも的確にご判断できるのが先生／閣下です。惨事便乗型資本主義がこのような災害を日常的に引き起こしているのだということを、そろそろ国民は知るべきでしょう。すべて事故として報道されていますが、実際は入念に仕組まれた暗殺なのです。

先生／閣下が、全人類に向けられたこれらの犯罪に対して厳しい法的処罰を下してくださることを信じています。私たちの運命は先生／閣下にかかっております。

この上ない敬愛を込めて
ヴァイノ・Ｋーネン

どのような観察結果と状況ゆえにこの手紙を書くに至ったのか、それを明らかにするには、私の過去を照らし出さなければならない。

子どもの時から私はいわゆる学習障害児だと見られていた。同じ年頃の子どもたちと趣味が合わず、音楽もスポーツも肌に合わず、できてせいぜい簡単なコンピュータゲームくらいだった。学校では語学と自然科学で追試を受け、高校に進学する気もなかった。私は、学校では教えられない数学の問題を一人で黙々と解き、毎晩のようにスピノザの『知性改善論』を読み耽った。しかし、何と言っても私の興味の対象は雲と影、鏡像と反映だった。雨上がりにできた小さな池や道路の水溜りに、私は魅せられた。それらはもっと純粋でもっと善い別世界への入り口のようだった。私は人と目を合わせることを避けた。前を見ず、他人を見ず、ただひたすら空や大地を見つめていた私は、周りからでくの坊とからかわれていた。

夏は、気づかないうちに夜が明けていることが多かった。私は離れの木造の物置の屋根に上って仰向けになり、眠らずにうっすら目を開けて、繰り返し空をながめては夢を見ていた。私に何が見えたのか？　それは柔らかい波と遠くに静止した大波、空の巨大分子のような煌めく二重螺旋、果てしなく泡立ちながら上昇していく斜塔、金の粒子にゆっくりと分解していく頂上。見えない手によって集められていくように地平線に収束する光線、勢いよく進む帆船、浮遊しながら前進する筏、綿毛のような天使の巻き毛、逃げ去ってゆく一房の羊毛。夕焼けの溶鉱炉で燃える端切れ、孔雀の羽毛、火の羽根、コバルトブルーの繊維の束、遠い森のような鋸状の輪郭線、霧で所々が見えない車輪。歪んだ幾何学模様に惑わされ、形のない奇形体は光の中に消え去り、無となった。

夏が来るたびに、地図に記す間もないほど新しく生まれ変わり続ける群島を、目を細めながら観察した。冬空を見上げた時は、乾いたテンの毛筆で書いたような巻雲の轍《わだち》を探し求めた。八月の久遠の日々には、目は積雲の山岳都市を彷徨い、絶壁に留まった。たった一度だけ、驚くほど規則的に波打つケルビン・ヘルムホルツ雲を目にした。私は空の現象を分類することを覚え、雲の高度からある程度天気を予想できるようになった。初めのうち両親は、夢想して怠けてばかりいる私をなじっていたが、やがて慣れたのか干渉しなくなった。しかも、私の変わった趣味について、母が隣人に自慢しているのを偶然耳にした。きっと母は私が至近距離にいることに気づいていなかったのだろう。それからしばらく経って、私は真の雲観察者と呼ばれるようになり、そのことが誇りだった。

天気が荒れそうな日は、仕事を途中で放り投げて、向かい風に立ち上がる黒い雷雲を捕まえるため、慌てて外に出た。時は金なり！　雲の暗黒の記念碑を背に、町の建物や車の渋滞や人の群れが昔の映画のテクニカラーのように燃え、やがて篠突く雨に炎は消えた。

空の現象を観察すればするほど、他の人が気づかなかった事実を次々に発見できた。何もない空にも、あるいは煙の影や風に煽られたカーテンが映る鏡にも、生命と意味があることを私は発見した。この町で一番高いペーヴェリ山の岩の上で仰向けになって、金色の婚約指輪のような輪状雲を見た。それは、稲妻の走る虹色の空を駆けていった。私はずいぶん長いこと眺めていた。輪の中心に暗黒の穴があり、この残像は夢に何度もくっきりと現れた。

雲だけではなく、ある別の動きも私は観察するようになった。その動きは、目で追うことができないくらいすばやかった。捕らえるためには、ずっと目を細めていなければならず、捕らえようとすると消えてしまう。しかし、ビデオにならうまく捕らえることができた。映像の動きを止めて、私は目を凝らしてじっくり調べた。

驚いたことに、雲に加えて半透明の短い紐のようなものがいくつも映っていた。すばしっこい紐の欠片が、気流に乗って旋回したり結合したりしている。なかには小さな翼あるいはエラのようなものがついているものがあった。この天の蛇に私は魅せられた。それは生命の形をしていたのだ。これはまだ誰も分類も研究もしていない大気動物の種だ、と私は思った。この現象は私に大きな喜びをもたらした。

このビデオをエレナにも見せた。エレナとは学校が一緒で、放課後に会う仲になっていた。私の期待とは裏腹に、ビデオにはエレナの興味を引くものは何もなかった。

「うわっ、カメラのレンズにゴミがいっぱい」

ビデオを見たエレナの感想はそっけないものだった。あの愉快な天の蛇は私だけの密かな喜びとなった。自分の目で見たエレナですら興味を示さないのだから、他の人はなおさらだろう。

雪がない時期は、飼い犬のイロを連れて、ペーヴェリ山まで自転車を漕いだ。山からは町の南と西が一望でき、そこから町を囲む麦畑や光り輝く外海までよく見えた。

当時は気に留めていなかったが、ペーヴェリ山の下には秘密が隠されているという古い言い伝えがある。山には邪悪で危険な小人がいて、洞窟に棲んでいるという。その小人は目覚めさせてはならないと言われてきた。このペーヴェリ山の下に小人の洞窟がある。この山は町で一番高い自然の山ではなく、人工の山だった。地下には何十年も前に掘られた洞穴がある。それはとてつもなく大きくて多層的な迷宮だ。放射能廃棄物の有毒カプセルが埋められており、その唯一の入り口は封印された。洞窟の上に何年もかけて何百トンもの土が運ばれ、山は風景の一部となった。最後にイロと散歩した斜面には、植林された木々が生え、男性の背丈くらいに成長していた。

ペーヴェリ山の斜面でイロと一緒に過ごした、あの幸せな八月の日曜日が忘れられない。雲は、八月が最高だと私は思う。色のコントラストが際立ち、陰影は青く翳って、白の階調はこれ以上ないほど澄んでいた。見上げると、実体のない軽やかな積雲の山脈が帆船のように進んでいる。昨晩の雨で、どの草も研磨されたナイフのような輝きを放ち、世界は私のように健やかで若々しく、生き生きとしていた。

当時の私はこの山の闇について考えることなどなかった。山に出かけるときはイロと一緒で、双眼鏡とカメラを必ず携えた。私たちの上空を、隊列を組んで南へ渡る鳥は、まるでよりよい世界の使者のようだった。イロは足を伸ばしてナナカマドの下で居眠りし、私も八月の空を堪能した後、疲れてうつらうつらしていた。この足の下には無人の町が沈黙している。その上で、私は眠りに落ちた。

目が覚めて、持ち物を掻き集めた後、イロと下り始めた。すると、見かけない男が目に留まった。男も首から双眼鏡をかけていて、山を登ってくる。私は軽く会釈してやり過ごそうと思っていた。ところが、まさに通り過ぎようとしたとき、思いもよらず男に腕をがっしり掴まれ、私は足を止めた。

「あなたもお気づきになられましたか？」

男の声は興奮からかすれていた。

私はびくっとして、返す言葉が見つからなかった。

「あなたも双眼鏡を持っていらっしゃる。あれはどんどん広がり続けるということを、あなたも気に留めていらっしゃるのでしょう」

「一体何のことですか？　私は景色を眺めていたんです」

雲のことについては、知らない人間とは話したくなかった。

「景色をですか？　ほぉ！　さあ、あれが景色ですよ！」

男は、空全体にもくもくと沸き起こる雲を指差した。私は男に嫌悪感を抱いた。まるで脅しているようにも聞こえかねない言い方だった。訛はなかったが、黒い眉毛と彫りの深い顔立ちから異邦人のように見えた。

「あれですか？　ジェット機の跡ですよね？　あれが何か？」

旅客機が定期的に町の上空を飛んでいるが、その航跡が気になったことはこれまでに一度もない。あるとすれば、せっかくの素晴らしい雲の光景を航跡が邪魔したときくらいだろう。

「あれがジェット機の跡だとあなたは思っていらっしゃるわけですか？　よくご覧になってください！　あれは飛行機雲なんかじゃないですよ」

「違うんですか？　だったら何でしょう？」

「ケム・トレイルについて耳にしたことはあるでしょう？」

普通の飛行機の航跡でもなく、風や気象現象がもたらした跡でもない疑わしいサインについて、男は講じはじめた。

「それはどうやってできるんですか？」

「とぼけないでくださいよ。いいですか、目を覚ましてください！」

男はつれなく言い放ち、ひとしきり興奮すると私への興味がなくなったのか、ふたたび登りだした。腹立たしく妙に思いながら男の後ろ姿を目で追った。見ず知らずの他人が、一体何の権利があってあんな失礼な言い方をするのか。男はおそらく私の視線を感じていたのだろう。二、三歩進むと立ち止まり、こちらを振り向いて、こう言った。

「あなたの目は節穴ではない。頭もしっかりしている。それを使うんです！」

この男にはもう会うことはなかったが、男の言葉はそれからも焼きついて離れなかった。私は自然の雲と天の蛇に加えて、以前は気に留めなかったターボエンジンの航路と軌跡という機械が残した印も観察するようになった。印の中には跡が消えてなくなるまで何時間もかかるものもあった。いつしか私は、より混じりけのない自然の雲が織り成す景色よりも、残った疑わしい形に取りつかれたように双眼鏡を向けるようになっていた。これらの化学物質の跡について情報を探りはじめ、まとまった資料やチャットやフォトバンクを見つけもした。

それらを読みはじめた時は、書かれた理論は嘘っぽく聞こえ、ばかげているとすら思えて、一人で笑っていた。しかし、読めば読むほど、特定の印を観察すればするほど、疑いが薄れてきて、笑いが止まった。あれは凝縮した水蒸気ではもはやない。男の話には根拠があったのだ。

正体不明の何者かが、アルミニウムや放射能を帯びた毒のような、とにかく有害な化学物質を計画的に大気圏に撒布していると確信するまで時間はかからなかった。しかし何のために？　気象の制御が目的であることは疑いなく、生物兵器戦争のためだとしたら事態はさらに深刻だ。政府や軍の手によって、人口増加を調節し、精子の質を低下させ、はっきり言ってしまえば、実験室で秘密裏に開発された治療法のない病で過剰人口を減らすために毒が撒かれたのだ。

私にとって、あの見知らぬ男は不吉な使者だった。なぜなら私の純粋な喜びを真実によって滅ぼしてしまったからだ。イライラしたり機嫌が悪くなったりしたときは（そういうときが多くなってきた）、ケム・トレイルのせいにした。この得体の知れない毒が降ってくる地域では、人々は攻撃的になり、取るに足らないことで癇癪を起こし、殴り合いの喧嘩が始まると書いてあった。それを堕落と言ってもいいだろう。

趣味がやがてつまらないものになってきた。誰の目にも触れながら、誰のものでもない、しかし、自分だけのもので、もっとも神聖でもっとも個人的だったものを私は失ってしまった。私の空の平和は奪われたのだ。それでもまだ、雲の観察遠足は続けていた。最後の遠足にはイロだけでなく、エレナも誘うことができた。弁当籠と格子柄の毛布を持って私たちは遠足に出た。毛布は若いナナカマドの木の下に敷いた。麦は芽吹き、海は氷から解き放たれ、私はエレナを愛撫し悦びに溺れさせた。これが最初で最後だった。日が傾いてくると、エレナは荷物をまとめはじめた。私は沈んだ気持ちで双眼鏡を西の空に向け、ついさっき感じていた喜びを忘れた。やがて西から一キロほどの長さの軌跡が走り、空全体に弧を描きはじめた。だが、いつまでたっても消える気配がない。

「エレナ、見てごらんよ！　ちっとも消えない！」

「どういう意味？　ただの飛行機雲でしょ」

「エレナにはね。僕も最初はそう思ってたんだ。でも今はもっと詳しくなったよ」

私はエレナにできるだけわかりやすく仕組まれた犯罪について説明したが、一般市民の理解を超えた話にエレナはうんざりした様子だった。

私は興奮して、軌跡に向かって拳を振り回した。

「殺人者め！　僕らを殺すガンめ！　僕の空を盗み、雲の純潔を汚しやがって！」

「どうしちゃったのよ？　落ち着いて。お願いだから叫ばないでよ！　怖いじゃない」

私は恥ずかしくて、疲れて、言葉が出なかった。発作は止み、夜の帳が降りた。走る雲の間から、昼間は光で隠れて見えなかった裂け目が現れた。帰りは言葉を交わすことはなかったが、その日の晩に、大臣、もしくは男爵夫人宛てにあの手紙をしたためた。それを電話でエレナに読んで聞かせたが、エレナはしらけた様子でこう言った。

「まさか本気でそんなバカげたものを送るわけじゃないでしょ？　頭のいいあなたが、どうしてこんな愚かな手紙を？　しかも返事が来るとまで思っているなんて！」

返事が来るとひたすら信じ、私は待ち続けた。夏が過ぎ、秋も去った。しかし、返事は来なかった。エレナは私を訪ねなくなり、イロは行方不明になった。心当たりのある場所はすべてあたり、新聞に迷子犬の情報を載せて、保護動物施設に通いもしたが、すべて徒労に終わった。冬になって、私は三つの事実を受け入れた。イロにはもう会えないこと、エレナが私を捨てたこと、手紙の返事は来ないこと。閣下が沈黙した理由がわかったような気がした。おそらく災害を引き起こした組織に首相が絡んでいるか、少なくとも金を渡されて口を封じられたのだろう。

雲の観察に気が向かなくなってしまった。何か他の趣味でも始めようとあれこれ試してみた。チェスに指圧にキノコ狩り。キノコ狩りは子どもの頃の一番の楽しみだったが、どれも心から夢中になれなかった。

時を経て、ペーヴェリ山の上で起こったことと、ペーヴェリ山自体に降りかかったことに、私は驚かなかった。ナイーブな心の持ち主には自然災害だと思わせておけばいい。しかし私はそうは思わない。これは時間をかけて入念に仕組まれた殺戮行為だと、私は確信している。だが、誰の仕業なのか私にはわからない。ただ、人類の同胞に対する憎しみは、他の種に対する差別と軽蔑と同じくらいなくならないものだということを、私は学んだ。

地下には、迷路が分岐するように、岩の深部に無人の町が建てられていた。そこは死の迷宮で、目に見えない光が蓄えられ捕らえられていた。その光は蝕み、壊し、嘔吐させる。その光を浴びると髪は抜け落ち、地上の大気圏では破壊の航跡が錯綜する。空は純潔を装うヒエログリフで飾られ、それらは得体の知れない毒を、皮膚や葉や毛や羽根や針葉や芽を出したばかりの麦や草にぽとりぽとりと垂らすのだ。生きているものすべてを容赦なく萎えさせ、有機物も無機物も枯らすのだ。

これを素晴らしい未来だというのか？　自然の法則から離れ、それを少し変えただけだというのか？　たわ言だ！　狂っている！　何と愚かな工学だろう！

　エレナ、今、君はどこにいるんだ？　イロはどこに消えたのか？　イロと私の青春の清らかな雲は？　空に浮かぶ町や、建物の柱や円屋根やヒマラヤよりも高い大聖堂を見たあの時代。それは思い出のように、無と物質、不在と存在の永遠の中間に留まっている。靄のような、無形よりも無形の瞬間は、鋳られたブロンズのように、もしくは鍛えられた鉄のように微動だにしないのに、わずかな風さえ吹けばカオスの素粒子に分解する。

　雲も、天の蛇の遊びも、ましてや閃く車輪も、私にはもはや見えない。しかし、ケム・トレイルも見えないのだ。ホテル・サピエンスの空を、青白い膜が覆っている。この薄暗い乳白色の膜から射し込む太陽の光線はごく一部だ。

　私の空を盗まれたのはこれで二度目だ。

　盗みたければ盗むがいい！　盗まれた空の上空にはもう一つの空がある。虚しくて暗くて無音の空。町にかかる毒の霧も、人間たちの命令も、侮辱も、喚声も通さない。人間の分泌物に汚されることはない。私は、この無情から安らぎを掬《すく》いとり、この裂け目から自由を見つけるのだ。

第三章　看る者と看られる者

居住者はこの施設をホテル・サピエンスと呼んでいる。もちろん実際にはホテルでも何でもない。当時は――ずいぶん昔のことに違いないが――ホテル・サピエンスは公共施設だった。それが何のために建てられたのか知る人は誰もいないだろう。州庁だったと聞いた人もいれば、結核患者のサナトリウムか地域の精神科病院だったと言う人もいる。長いこと廃墟だったが、ここは今、人間たちの庭および避難場所になっている。精神異常者も住んでいることは間違いないようだ。少なくとも元セラピストはそうらしい。そんなわけでホテル・サピエンスは今もなお狂人ホームと言うこともできるだろう。住人が望もうが望むまいが、看護人の時間割と秘密のカリキュラムに従って勉強することになるため、教育センターでもあった。博物館であってもおかしくはない。なぜなら私たち人間は過去の標本であるからだ。住人の多くが高齢者であることから、ここは老人福祉施設でもあるだろう。ここにやって来る人や連れてこられる人の中には、もともと住んでいた場所を追われて逃げてきた人もいる。そういった意味でホテル・サピエンスは難民キャンプであり、避難センターでもあった。

この施設はまた病院でもあり、医学研究所でもある。というのも、ここでは施設の住人たちはもの珍しい病に感染しているかのように調べられているからだ。たしかに私たちは悪性の不治の病に罹《かか》っている。病名は「人間性」だ。

ホテル・サピエンスはもちろん刑務所であり監獄でもある。ここに元犯罪者たちを収容しているからというわけではなく、私たち全員が囚人であり罪人であるからだ。何の罪で？　と問うのは愚問だろう。私たちが背負った慢性的な疾患こそが罪なのだ。

ほとんどどんな用途にも使われるのがホテル・サピエンスだった。建物は立派な外観をしているが、数十年という時の経過が目立つ。外壁の漆喰は剝がれ、屋根の煉瓦は苔やホップやツタで覆われ、窓はすべて高い木々の影になっている。しかし、光るほど清潔な施設の長い廊下は、夜でも病院のように皓々《こうこう》としている。

外との連絡はもうずいぶん前に途絶えてしまったか、意図的に断たれてしまった。そのせいで、外から入ってくる情報はほんのわずかだ。この国に、あるいは世界に、ホテル・サピエンスのような施設は他にもあるのか、私にはわからない。

私たちは特定の傾向や性格に基づいてここに集められたのではないか、と疑っている人も中にはいるが、そんなことはないだろう。偶然か、はたまた意図してか、私の知る限りにおいて、ここの住人の多くはかつてペーヴェリ山の近くに住んでいた。

読者のあなたは（読んでいるのは看護人たちの助手たちしかいないだろうが、人間らしい眼差しで私の書いた文章に目を走らせる様子を私は思い浮かべる）、なぜホテル・サピエンスが存在しているのか尋ねることだろう。

それは私たちが選択を誤ってしまったからだ。しかも一度ではなく何度も何度も誤った。過ちが繰り返され、崩壊の危機に陥り、引火点に達し、ついには後戻りできないところまできてしまったのだ。引火してしまってからは、どんな力も及ばなかった。委員会も、中央銀行も、議会も、機構も、法人も、市場の力も、国家やその連合国も、軍も、非政府組織も、科学団体もすべて役に立たなかった。数十年もの間、莫大な金額が搾り取られた結果、ついに金は価値を失い、世界経済はアッシャー家のように崩壊した。

ところが看護人たちだけは崩壊しなかった。私たちが作り出した看護人たちに、今私たちは看護されている。ホテル・サピエンスは看護人たちが維持管理する施設である。彼らのことを私は密かに「時計」と呼んでいる。看護人たちがすべてを組織し、管理しているというのに、彼らの姿を見たことは一度もない。看られる者たち自身が勝手に網に引っかかってくるのだから、見えていなくてもいいのだ。

最初の特異点は見えつつある。少なくとも私たちの多くは看護人たちにとって不用なものになり、看護人たちは自らプログラミングし、複製し、予測できないレベルまで総合進化を続けていくようになることはわかっている。わかっているのに、私たちはどうすることもできない。看護人たちは私たちが思うよりもはるかに速く進展していくからだ。特異点の始まりに追いつくこともできないどころか、第二の特異点について囁かれはじめた。新たな変化の考えに慣れるころには、もう第二の特異点は始まっていたのだ。間を置かずに爆発した第二の特異点は、最初のときよりもさらにひどいものだった。看護人たちは私たちを監視しはじめ、まるで未成年のように私たちを育てはじめたのだ。

第二の特異点で何が起こったのか？　看護人たちに倫理的直観が発達した、というよりもむしろ発現したと言えよう。あまりに思いもよらぬ変化だった。この変化をヒッグス氏は、創発的な躍進と言った。ヒッグス氏は統計学の元教師でヒッグスボソン、あるいは単にボソンと呼ばれていた。私たちの機械は道徳的なレベル――めざましくとはいかなかったが――で私たちを超えた。これは当時良心とも呼ばれていたもので、人間なら誰しもが持っているというものではなかった。

この特別な直観によって看護人たちは私たちの行動に世界規模で干渉しはじめた。武装、金融市場、政策会議、教育、健康管理、国内排出権取引、エネルギー資源と食品生産、観光、交通機関、採掘、特許権、家畜生産、遺伝子操作技術。言うなれば社会にとって必要なありとあらゆる行動に、人類という共同体に介入してきたのだ。続々と発生する殺人未遂事件は、最初はテログループによる犯行だと疑われたが、人間の痕跡も意思もそこにはなかった。

看護人たちは私たちをどうしたいのだろう？　彼らについて、彼らの動機や目的について、施設内での意見はさまざまだ。はじめの頃は看護人たちを怖がる人も多かったが、今では看護人を私たちの救世主のように思っている人もいる。私たちがかつて犯した過ちよりも致命的な過ちを犯さないように、看護人たちが防いでくれているという人たちすらいる。非人間的な彼らは唯一の中立的な立場にあり、公平な解決を示すことができるという。なかには看護人たちを何かの聖人か半神のように崇拝している人すらいる。常識婦人と呼ばれている女性がそうだ(婦人はいつも「常識人として言わせていただくなら」と断って話を始めることから、そう呼ばれている)。

「ああ一度でもお目にかかれたらいいのに！　きっととても美しいはずよ」

常識婦人はため息を吐いた。

「世も末だ！　姿を見せないのに、美しいとはどういうわけかね？」

ヒッグス氏は言った。

ホテル・サピエンスの住人のほとんどが看護人たちを目の敵にし、非情な看守だと思っている。他の人間だってそう考えるだろう。私たち以外にも生きている人間がいればの話だが。看護人たちこそが、冒しがたいほどに中立を保ち、経済成長をストップさせ、市場を低迷させ、通信を中断させ、さらには私たちからすべての自主性を奪ったのだ。

元眼科医で私と同じ二階に住んでいる盲目の老婦人によれば、看護人たちが私たちから奪おうとしているものはもっとあるそうだ。

「あの人たちは私たちから善悪や狂気や愛憎や夢や遊びや芸術を奪いたがっているわ。つまりは人間性よ」

「そうだね」

頷いたのは花屋だ。

「私たちを完璧なものにするつもりなんだ。自分たちと同じ完璧な時計にね」

するとヒッグス氏がこう言った。

「そうは思わんね。逆にあいつらのほうが自分たちにはまだない、我々の特性に関心があるんじゃないのかね。きっと我々のようになるために勉強しているんだ」

「人間性は学べないよ」

年老いた花屋が言った。

「人間か、人間でないか。人間も、動物も、植物も価値がある。人間や動物や植物は個体であって、地球の歴史と種の進化を背負ってきているんだから。でも機械には何の価値もないよ」

「私たちが機械を作ったわけだから、機械にも私たちと同じような先史がある。たしかに看護人たちはもう機械じゃないし、看護人〝たち〟と複数形ですら呼べない。言ってみれば分離された一つの生物じゃないですか」

私は言った。

「神のようにということかね?」

ヒッグス氏が訊いた。

「わたくしは思うんですけれど」常識婦人が言った。「看護人たちはまさに失われた真の人間性をわたくしたちに発見させようとしているんですのよ。だからこそ〝昔の賢人の言葉〟を押しつけているんですわ」

〝昔の賢人の言葉〟というのはホテル・サピエンスで行われる講義のことで、住人は聴講しなければいけないことになっている。ところが講義はどれも風変わりなものばかりだった。

「我々に果たして人間らしいところがあったのかね? そんな歴史的な段階があったとは思えんが」

ヒッグス氏がえげつなく言うと、花屋がこう言った。

「人間らしさというのは動物らしいということ。機械じゃないんだ。喜んで哺乳類でいよう」

「デカルトが何と言ったか覚えていないんですか？　本物のデカルトのほうですよ」

〝本物〟と私が言ったのは、講義で聴くはめになったのは偽デカルトであり、つまり看護人たちが再生化した幻影だったからだ。

「私は本物のデカルトも信じないよ。機械と動物は似ていないんだから」

花屋が言った。

「そうです。機械には不滅の霊魂なんてないんです。看護人たちは何を調べていると思いますか？　何にもっとも興味があると？　私は人間の意思だと思います。看護人たちには意思がないんですから。私たちみたいに選択しません」

ペイクが言った。

「そうだ。あいつらがしているのは計算だ」

ヒッグス氏が言った。

第四章　トガ

　毎週金曜日の正午近くになると、平凡なスーツの上着を脱いで、黄金色のトガ風マントを羽織る。黄色を着用する理由は、金曜日の患者H・Hが黄色恐怖症を患っているからだ。私の専門はいわゆるアレルゲン免疫療法やエンパワーメント治療で、エンパワーメント治療者の中では先駆けて――と言ってもいいだろう――専門士の資格を取得した。黄色恐怖症を克服するための私の方法は、患者に根気づよく黄色に慣れさせることだ。トガ風マントがけっこうさまになっているうえに、私の洋梨のような老体をすっぽりと覆い隠してくれる。さらには古代の賢人たちをも暗示してくれて、彼らが私を通して時代を超えて受け継がれてきているように思う。いくつかの予防措置も必要だった。診察室のいたるところに、バービー人形、赤ちゃん人形、もこもこしたクマのぬいぐるみ、タオル地の犬、ネル生地のうさぎを置いた。ありがたくも患者が寄贈してくれた羊飼いの少女と少年がキスをしている磁器人形は、患者が座るゆったりとしたデザインチェアの傍の小さなテーブルの上に置いた。それから壁にかけてあった二枚の絵を外した。一枚は、何らかの理由でオレンジ色に塗られた荒れ狂う海を背景にした、トランスパーソナル心理学を教えていた亡くなった教授の肖像画だった。もう一枚は、絵を学んだ私の叔母が綿棒で描いた、傾いた小屋の水彩画だった。この二枚は、失ってもきっと目に焼きついていることだろう。絵の代わりに私は鏡をかけた。

こんな異常な措置を取ったのは他でもない、終わりの見えない患者のカルテが原因だった。Ｈ・Ｈは秋になって鏡恐怖症と自動人形《オートマトン》恐怖症を発症しはじめた。患者は鏡や玩具や蝋人形や生き物を表現した動く人形をとんでもなく怖がった。そんなわけでＨ・Ｈは診察室に入って、生きているふり（なりすましているなら生きているだろうに。おかしな考えだ）をしていると思いこんでいる無機物を目にした途端、呼吸を乱し、後ずさりしながら、廊下に逃げようとする。そうなると私はためらわず彼をむんずと捕まえて、嫌がるクライアントを中に入らせ、優しく導いて患者用の椅子に座らせる。この椅子の座面部分は見た目にもダイナミックで、足乗せ台《オットマン》やスイング機能がついている。まったくのすぐれものだ！　最後の患者を診た後に、私自身もこの椅子に座って居眠りすることがある。

Ｈ・Ｈの手に、デニッシュパンが入っていた紙袋を握らせた。私の金曜日の昼食で、大好きなパンだ。その袋を膨らませるようにＨ・Ｈに声をかけた。彼が過呼吸にならないようにするためだ。患者は暴れたが、私の方法が効いている証だという手応えを感じた。しばらくの間、Ｈ・Ｈは目を瞑ってパン屋の紙袋に喘ぎながら息を吐いていた。紙袋は風船のように膨らんだり、ぺちゃんこにしぼんだりを繰り返し、私は本来の診察に入るまでわざと長々としゃべった。

私の患者の多くはさまざまなレベルの恐怖症を患っているが、Ｈ・Ｈほど多くの恐怖症を抱え、しかも治療しづらい患者に出会ったことはこれまでなかった。数年経ってもＨ・Ｈの病状に改善や回復の兆しは見えないが、私は諦めるつもりは毛頭ない。しかし恐怖症は増えつづけ、Ｈ・Ｈは、精神的にますます弱くなっていった。そんな状況で私が諦められるだろうか？Ｈ・Ｈとは理想的な医師と患者の関係にあり、科学的に挑戦しがいがあり、経済的にも治療する価値がある。恐怖症の多様化と深刻化は、症状の回復には不可欠だと思っている。患者が病気を完全に克服するためには恐怖症の極限のレベルまで、つまりすべての恐怖症まで進んでもらう。

「風が入ってきますね」

　Ｈ・Ｈは袋から顔を上げると開口一番こう言った。

「窓を閉めてくださいますか？」

「そんなことありませんよ。ほら、ご覧のように窓は閉まっていますよ」

「先生はどうしてお気づきにならないんですか？　髪がこんなに揺れているんですよ。私は中耳炎になりやすいんです。そのことは先生にお話ししてありますよね。お願いですからあのドアを閉めてください」

　Ｈ・Ｈは、泣きそうになりながら資料が入った戸棚を指差した。Ｈ・Ｈは痩せ細った体をぶるっと震わせた。

　戸棚の部屋のドアはたしかにわずかに開いていた。私は溜め息を吐きながら席を立ってドアを閉めると、スマートフォンにこうメモした。「隙間風もしくは風恐怖症」

「先週はどうだったのかお聞かせください。何か新たに困ったことが出てきましたか？」

「出てきましたとも！　昨日、夕方近くに犬の散歩をしていたときに、ふと空を見上げたんです。見上げるべきではありませんでした。つまり、あるものが見えたわけですよ」

苦しげに深い溜め息を吐きながらＨ・Ｈは頭を両手で抱えこんだ。何がそんなに彼を失望させたのか、説明してくれるのを私は辛抱強く待ってみたものの、結局、訊くことにした。

「それで、何だったんですか？」

「星です。星だったんですよ」

Ｈ・Ｈは気味の悪い出来事を思い出してぶるっと震えた。

「それが恐ろしかったわけですね？」

「ええ、それはもう。先生も考えてみてください！　星とはそもそも何でしょうか？　それは、留まってすらいない巨大な火の玉で、旋回し、いつまでも回り続けています。めまぐるしい速度で回って、いったい何の役に立つというのでしょうか、先生？　先生にはおわかりにならないでしょう！」

私はスマートフォンに「天体恐怖症」と付け加えて、こう答えた。

「おそらくそれは惑星であって、恒星ではないと思います。たぶん金星、宵の明星ですよ」

「どっちだっていいんです。星は星なんですから。それに問題は星に限ったわけではありません。夜と空……先生、おわかりになりますか？　果てしない宇宙の永遠の夜。そこでは朝が来ることはありません。それから時間と光年。そして、む、む、む、先生はおわかりでしょう？　終わりのないあれですよ」

「つまり無限のことですね？」

「口になさらないでください」

H・Hはぶるぶる震えていた。私はさらに「無限恐怖症」と付け加えた。患者の状況は目覚ましい変化を遂げている。現段階では、回復までどれくらい時間がかかるのか見当もつかない。

H・Hはじっと黙りこんでいたが、かっと目を見開いて私の肩越しを見つめた。後ろをちらりと振り返ると、私たちが鏡に映っているのが見えた。さまになっているトガ姿がふたたび目に入った。

「鏡にカバーをかけてもいいですか？」

H・Hは尋ねると同時に椅子から跳ね上がるように立ち、ポケットからスカーフほどの大きさのハンカチを引っぱりだして鏡に向かって投げかけようとした。

「ダメですよ」

私は優しく引き止めて、床に落ちた布切れを拾い上げ、丁寧に折り畳んで患者に返した。

「これでは私たちは先に進めませんよ、そうでしょう？　おわかりのように、回復にはあなたの努力も多少は必要なんです。もうすぐ夜です。曇っていなければ、心を落ち着けて空をもう一度見上げてみてください。秋の銀河が私たちの目にもっと素晴らしい光景を見せてくれますよ。星を見つけて名づけてみてください。銀河や、ブラックホールや、ビッグバンに思いを馳せて、穏やかな気持ちになってください。すべて上手くいきますから。昨日は上手くいきました。今日も上手くいきます。そして間違いなく明日も。ところで、今日は黄色いものを何もお持ちでないのが気がかりですね。金曜日は少なくとも黄色いネクタイを締める約束ではありませんでしたか？」

「そう先生はおっしゃいましたけど、無理というものです。できません」

H・Hは首を横に振った。

「それに先生のマントといったら。薄気味悪い雑巾ですよ。先生に目を向けることすらできません」

これには私も傷ついたが、温和にこう言った。

「それについてはまた今度、話し合うことにしましょう。あなたのお仕事はいかがですか？」

「上手くいっていません」

Ｈ・Ｈは溜め息を吐いた。

「先生もご存じのとおり、私は言葉や文章で生計を立てています。さまざまな商品の売り文句で。例えば、「革命的な新商品！」、「まるごとお買い得！」「残りわずか二日！」「ガソリンよりも安い！」といった文句です。しかし、ここ最近、なんだか言葉が嫌になってきたんです」

「そうなんですか？」

私は思わず興奮してしまった。

「ちょっと詳しくお聞かせください」

「先生は、お気づきに、なっていないんですか？　あの、匂いに」

Ｈ・Ｈはゆっくりと言葉を絞り出すように話しはじめていた。

「言葉から、いやな匂いがするんです。言葉自身が、ガスのようなものを、分泌しているんですよ。つまりは毒です。悪臭に、どこもかしこも蝕まれ、逃げ場が、ないんです。言葉は、至る所に、どんなに静かな場所にも、潜み、粘液のように、形あるものにもないものにも、べっとりと貼りつき、硫酸のように、現実を、破壊しています。何も意味しない言葉と、意味する言葉と、どちらのほうが恐ろしいのか、私には、もう、わかりません」

患者はまたもや新しい恐怖症を考え出したようだ。私は意気揚々とスマートフォンに、「言葉恐怖症」と打ち込んだ。医者になって初めての症例で、非常に興味深いが、患者にとってはもちろん面白くない。気の毒に。言葉恐怖症は、コピーライターとしてのH・Hの仕事に、深刻なダメージを与えるに違いない。

診察中に、H・Hが怖がっている色は黄色だけではなく、青や赤や緑、つまりはすべての色だということがわかった。さらに星だけが怖いのではなく、地球もそうだった。汚れと重力、と彼は言っていた。脆い殻と爛れたマントに覆われ、その中心では煉獄の火が燃えている。無限も凄まじく怖いが、時間と無常も恐れていた。あらゆる物事には始まりと終わりがあるという救いようがない事実に、H・Hは恐怖を抱いていた。

翌週、H・Hはなかなか来なかった。患者はもう診察には現れないだろう、そう思って、その日の診療を終了しようと思っていた矢先のことだった。診察室の樫の木のドアに爪を立てて引っ掻くような音が聞こえた気がした。ドアを開けると（開けなければどんなによかっただろう）、Ｈ・Ｈがよろけながら中に入ってきた。ぶつぶつ呟き、チッチッと舌打ちし、アーアー呻き、ウーウー唸り、ヒンヒン泣いて、舌を鳴らし、薄っぺらい唇を忙しなくパンパン合わせ、アーウーとサイレンのように声を抑揚させた。

「おいおい！　調子のよい日に会おうじゃないか」

私はそう言ったが、Ｈ・Ｈは奇声を発しながら指をまっすぐに立て、私の鼻先で振り回した。彼は、言葉らしい言葉を発することなく、説明できないことを説明しようとしていた。私の目の前にいたのは、抜け殻となった哀れな人間だった。そのとき初めて自分の方法を疑った。私の方法はこの患者には何ももたらさないかもしれない（後で振り返ってみて思い出したのだが、この方法を試したのはＨ・Ｈだけだった）。いや、あるいはこれは回復の兆しなのかもしれない。どちらかと言えば積極的な方法なのだから、もうしばらく試してみることにした。Ｈ・Ｈはついにすべての恐怖症の渦中にある始まりの地点に還ったのだ。

患者を肘かけ椅子に座らせようとしたが、いくらやってもびっくり箱のように立ち上がる。おかしなことに彼の瞳孔はまるで猫のように縦に細くなっていた。無言の取っ組み合いで、磁器の羊飼い人形が床に落ちて割れてしまったが、割れた音に私の気は妙に休まった。私たちは恋人同士であるかのようにしがみつき、その場にゆらゆら揺れながら立っていた。新しくも不快な状況だ！

鏡には不条理な抱擁が映し出されている。私の黄色いトガが壁全体に燃え移っているようだ。ふいにそのけばけばしい色が、努力の末に紅潮した私の顔にまったくそぐわなくなった。黄色がとにかく嫌でたまらなくなったのだ。向かいの壁にかかっている鏡同士が、終わりの見えない通路をいくつもつくり出し、私たちの鏡像を延々と映し出している。奇妙な二人連れ、人形、ぬいぐるみが鏡の中で反復する。そこにものすごい数の人々が群がっているかのようだった。そのときになって私は後悔しはじめた。壁中に鏡をかけ、部屋中に怪しい異形をばらまくなんて、一体私はどうかしていたのか？　すると突然、たしかにうさぎが威嚇するように動いた。どうするつもりだ？　もう一匹の足もこちらに踏み出そうとしているじゃないか！こいつらはみんな仲間なのか？

私の考えを盗むようにH・Hは私から離れて人形をつかむと、ポリマー素材の足を引き裂き、もじゃもじゃ頭を口の中に突っ込んでバリバリ噛み砕きだした。私は初めて患者のことが怖くなった。だが、彼を落ち着かせようとした。言葉は出なかった。自分の口の中にも噛み砕いた頭部の欠片が引っかかっているみたいで、上手く声が出なかった。喉は締めつけられ、鼻は冷たくなり、顔から血の気が引いた。唇は、甲高い笛の音を立てながら入ってくる冬の冷気に強ばった。一体どこから隙間風が入ってきたのだろう？　ふと患者の細い瞳孔を見てぞくっとした。風はそこに映ったわずかに開いたドアから本当に入ってきていたのだ。この新しい事実からパニックに襲われ、私は崩れ落ちるように悲鳴をあげ、トガを破り捨てようとした。その瞬間、私はすべてを忘れた。生きるうえで、働くうえで、信じていたものすべてを。

そして私は今、ここホテル・サピエンスにいる。かつて診ていた患者が今はどうなっているのか、私は知らない。死んでしまったのか？　回復したのか？　いまだに、それとも以前にも増して多くの恐怖症を患っているのだろうか？

私が信じていたものをできるなら取り戻したい。私の職能が依拠していた知識は、もはやない。以前の知識を集めてみても、私が信じていたものを探してみても、見つかるのはちりぢりになっていく霧と雲と煙の影しかなかった。

第五章　修道女たち

ここには失礼な老人が住んでいる。彼は女性なら誰にでも普段からこう声をかけた。

「よぉ、ネエちゃん、調子はどうよ」

室内でも毛皮の帽子を裏返してかぶり、風呂に入らず、卑猥な言葉を浴びせかけ、盲目の眼科医の老婦人のように機会があれば、近くに居合わせた女性に、年配であろうと手を出した。

ある時、彼はいつものように通りすがりの修道女のお尻を掴んだ。しかしこの手は修道女には効かなかった。修道女は、メンフクロウのように体は前を向いたまま首を百八〇度回転させ、無表情の顔を薄気味悪く彼に向けると、動揺することなく滑るように廊下を進んでいった。一方、老人は体をよじらせ、身悶えしはじめた。私はこの目で現場を目撃し、聞いたのだ！　その後、失礼な老人は夜までずっとしゃっくりをし続けた。止まらないしゃっくりは各階の住人をおののかせた。それはホテル・サピエンスのエントランスや廊下に響き、乳白色の霧がかった薄暗い公園にまで響き渡った。この事件の後、老人は修道女たちから距離を置くようになった。

　修道女たちは、看護人たちの機器であり、助手であり、看護師だ。彼女たちは私たちを病人扱いし、日常生活の世話をする。看護人たちは（ここで彼らの気持ちというものを代弁するならば）、私たちは難病を患い、治してやらなければならない患者だと思っている。どの修道女の顔も体格も同じで、同一人物のように見分けがつかない。彼女たちは生物と人工物の中間で、ナノテクノロジーと人工知能と人工生活の洗練された合成物だ。行動は、プロセッサではなく神経回路網によって決定されていた。

　だが、修道女たちは結局のところ本当は一人で、異常なまでに敏速に動くことで多くの場所に同時に現れているように見えるだけではないかと思うこともある。

　白と黒の修道服を纏《まと》っているが、どこの会派なのかはわからない。聞いても無駄だ。なぜなら、修道女たちは答えないし、いっさいしゃべらないからだ。少なくとも私たちに話しかけることはなく、ただ指で示すだけで、必要とあればシリコン製の指で腕をつかんでくる。彼女たちのオートマティックな目、あるいは視覚センサーを見ていると、眩しい虚空へ続くトンネルが見える。そこにあるのは憐憫でも共感でもなく、不満でも非難でもなかった。あるのは、途方もない純粋なアルゴリズムだった。

かつて修道女たちは人間にとって人間的でも超人的でもある価値を持っていた。そして人類には、罪、憐れみ、悔い、救い、聖、といった考えがあった。こんな考えは人工修道女たちだけでなく看護人たちにも聞き慣れないものだろう。今さらぼやいてもどうにもならない。私たち人間こそが、看護人たちが現れるずっと前に、かつてあったものを捨ててしまったのだ。

犯罪歴のある人が住んでいる棟では揉め事や暴言や迷惑行為が絶えない。事態の収拾がついて、当事者たちが部屋に戻れば、修道女はわざわざ現場に滑っていく必要がない（彼女たちは歩くのではなくスケートを滑るように進む）。彼女たちが行く場所には、氷河から吹いてきた風のような潔癖な冷気が漂っていた。

ここには修道女たちだけが訪れる部屋もある。部屋にはつねに鍵がかかっているが、たまに修道女たちの後について影が忍びこんでいくのを見かけることもある。そこは不治の病を患っている者の病室らしい。

修道女たちとペイクの関係は毛皮の帽子をかぶった老人と同じくらい馬鹿げていた。彼女たちへの二人の思いは正反対だが。近づいてくる修道女に気づくと、ペイクはうやうやしく夢みるような笑顔を浮かべる。笑顔に応える修道女は誰一人としていない。笑うことができないからだ。女性の顔をしてはいるがもちろん女性ではなく、本物の有機体ですらなく、生殖不能の中途半端な怪物だった。実らない愛に苦しみながらほほ笑むペイクを、私はかわいそうに思う。なぜ、それほどに敬意をもって修道女に接するのか、私はペイクに尋ねたことがある。ペイクの返事は長かった。

「私は修道女の一人に連れられてここに来ました。彼女は私を小さな子どものように扱い、私は彼女を自分の母のように思いながらおとなしくついてきました。

子どもの頃から修道女は私にとって身近な存在でした。ずっと憧れの人だった。私の母が毎晩のように開けていたココアの缶には彼女の絵が描かれてありました。つまり修道女はたんなる広告の女性でした。彼女が宣伝するココアを、母は匙ですくって温めた牛乳に入れてくれました。でも、彼女は宣伝というよりもお手本だったんです。私の秘密の先生です。精神と信仰と看護と崇高さの象徴でした。黒と白の修道服に映える、燃えるような背景の深紅を見ていると、厳格な彼女が缶から離れて、湯気の立つ口の広い白いカップを載せたお盆を持って私の方へすーっと向かってくるようでした。それなのに彼女はいつだって遠い存在で、いつも無表情でした。感情のない冷たい彼女の眼差しは魅力的でもあり恐怖でもありました。彼女は白いカップを差し出しただけではなく、押しつけていました。このカップの中に何が入っているのかわかりませんが、私がこれを飲むことに応じなければ、彼女は躊躇せず無理に飲ませることでしょう。

修道女が差し出したのは喉を潤す飲み物や温もりだけではなく、もっと大きなものでした。それは無限です。お盆の上にはカップのほかにもう一つ載っていました。黒と白の修道服を着た女性が描かれた赤い缶です。この描かれた女性も同じ白いカップと赤い缶をお盆に載せていました。これが延々と続き、見果てぬミクロの世界へ誘いました。老境に入った今でもなお、私の目の前に同じ女性像があります。たとえ生きていようが、人格化されていようが、それは像にすぎないということが、今はわかります。修道服の黒い裾がカサリと音を立て、厳しい目つきでこちらにお辞儀する。彼女は本当に私を見ているのでしょうか？　私はかすんだ目で憧れの人に目を凝らす。かすんでいるのは、硝子体が濁っているせいです。慎み深いキスのように堅く閉じた口、青白くて長い指、ほっそりした腰、丸みを帯びた乙女のような胸。男性に愛撫されたことも、そこから完璧な養分を子どもに与えたこともない胸。

いや、果たしてそうでしょうか？　彼女の胸の膨らみは熱い乳のせいかもしれない。この湯気の立つカップにその霊液《ネクター》を注いだばかりかもしれない。彼女の飲み物は、私の若さを取り戻す生命の霊薬なのでしょうか？　それとも夢と忘却の毒薬？　それとももっとも苦い杯？　修道女は私の死に際でも磨き上げたカップを差し出すのでしょうか？　それを私は拒むのか、それとも老弱な興奮をもって、震える指で摑むのか？

差し出すことは、彼女の唯一の神聖な義務なのです。私の義務はそれを飲み干すことだけ。カップの中身が何であろうと、私は飲もう。像はどこで終わってどこから始まるのか、何が本当なのか、別の何かがあるのか？　私は冀《こいねが》いながら生命の杯のように白い磁器を握りしめる。

カップを超えて、修道女たちの終わりのない黒と白の列が滑り出してゆくのが見えます。私だけにではなく誰にでも、修道女たちは落ち着いて取り乱すことなくカップを差し出すでしょう。多くもらう人もいない。少なくもらう人もいない。誰もが同じ量をもらうんです」

第六章　不治の病

私はここホテル・サピエンスの病床に就いている。食べることも飲むこともできない私の中へ、透明な管を通って液体が流れこみ、私から出ていく。私は悪臭を放ち、私の肉は熱せられたように赤くひび割れている。脊髄は麻痺し、血は死に巣食われ、かつての黒々とした頭髪やまつ毛や眉毛は今はない。

それでもまだ私は生きている。

よいことが起きると、ごく当たり前のように自然に私たちはそれを受け入れる。悪いことや不運なことが起きると、決して受け入れようとせず、それは間違いであり、誤りであり、正しくないと思う。

諸々の原因と結果の連鎖は選択によって始まるが、選択が行われたことをどうやって確認できよう？　どの結果もまずは原因の連鎖が先立ち、それゆえに選ぶ可能性すらないのかもしれない。選ぼうにも独立した連鎖などなく、あるのは結び目のついた網で、それは新しい出来事が因果を新しく結び直すたびに緊密になっていく。

事故は、不注意か誤った選択、気づきと反応の間に残る一瞬の時間、もっとも単純な行為であっても絶えず繰り返し行われることで生じる時間のずれが原因だと言われている。運転手が緊急時に決断を下すと、脳では量子跳躍が起こるのだろうか？　彼は合理的に決断したのか、それとも直観的に解決したのか？　人間――もしくは状況において――決断というものの前にすでに何かがあるようだ。人は無意識的にか、超意識的に決断の結果を予測するのだろう。知りながら、あるいは知らずに事故を願っているのかもしれない。決断する人――もしくは決断を変える人の多くは、自分が選択しているとも、そうするしかなかったことをしたとすらも思っていない。

私は技術者になり、研究所に長く勤めていた。信頼を寄せられ、リスクを知りながらも自分の仕事内容に満足していた。その日の私の仕事は、ある装置を実験室で稼働させることだった。

ある装置とは核分裂反応を調べるテスト機器で、原子炉の計画と開発段階から使用してきたものだ。初めてのことではなかった。これまで何の問題もなく同じ装置の作動を何百回とはいかないまでも何十回と成功させていた。目を閉じていても、装置を動かすことができると思っていた。

装置の下部は濃縮ウランが入った核で、上部は銅の反射体でできていた。いつものように私はゴム手袋をはめて、他の防護装備も怠らなかった。装置の下部を集めて、上部に特定のコンポーネントを装着させようとしていたとき、どういったわけかその部品がゴム手袋をはめた指からするりと抜け落ちてしまった。

殺風景なこの部屋を訪れる者といえば、影とロボットしかいない。いったいどうしてあんなミスを犯してしまったのか、私は何度も何度も考えた。あのなんでもない金属部品が私の手から滑り落ちてしまった。私はぼんやりしていたのだろうか？　何らかの理由で手袋が普段よりも滑りやすくなっていたのだろうか？　いや、もしかすると私に悪意をもった同僚の誰かがわざと私の手袋に油を塗っていたのかもしれない。そんな身の毛もよだつ考えさえ浮かんできたが、私はそれを必死で打ち消した。考えられる理由は他にもあるはずだ。自分の作業がルーチン化していたことは否めない。これまでに何度も同じ部品を集めてきただけに、注意が行き届いていなかったのだ。さらに告白すると、私は悩みを抱えていた。仕事上ではなく家庭内の事情だ。ごく些細なことだが関係ないとは言えないだろう。私には成人した息子がいる。哀れな息子は車を盗んだ罪で訴えられていた。その日の朝、私は息子と言い争いになり、もう少しで息子を打つところだった。息子を打とうとしてぐっとこらえた手の震えはいっこうに止まらず、この手から部品はするりと抜け落ちたのだろう……。

滑り落ちたと言ったが、そこには故意に落とした部分もあると言わなければならないだろうか。そうなれば、これは立派な行為だ。いや、やはり起こしたのではなく起こったのだ。多くの犯罪者も、殺人者ですらも、それは起こったのだ、と言っている。部品は落下し、装置の下部に激しく衝突し、跳ね返って床に落ちた。と同時に、まるで稲光が空を切ったようにビカッと閃光が走り、私は目が眩んで、抉られるような波にのまれた。

致命的で取り返しのつかないことが起きたことはわかっていた。それでも手足はしばらく動き、自動人形のように立ち上がってドアまで歩いていった。部屋から出て、後ろ手でドアを閉めた途端、閃光が連続して発生し、爆発音が聞こえた。建物全体が震動し、私は燃えさかる炎となって崩れてゆく床にふたたび倒れた。

それでも私は死ななかった。まるで大きな罠のような、この見知らぬ建物に私は運ばれた。うどの大木のような修道女たち、呪われた人形どもが私をここに運んで、うさんくさい理由から私を生かしている。身動きできなくなっていったいどれくらい経ったのか。研究所や同僚はどうなったのか。息子や、私の以前の生活や、私の知っていた世界は？

なんということだろう、私は生きていないのだ。そして、死ぬこともできないのだ！

第七章　小さな鏡たち

まだ目も覚めない早朝から、重量車の走る音をよく耳にする。バスや戦車や列車ほどもあるトラック、建物の上空を轟音を立てながら飛ぶジャンボ機、貨物船、まとまった戦隊がホテル・サピエンスの前をひっきりなしに通っているかのようだ。私の逃亡はまだ続いているんだ、と寝ぼけながら思った。ところが音は外から聞こえてくるのではなく、自分の記憶の中からだった。ホテル・サピエンスを覆いつづけるこの雲が、私たちの夢や記憶を受信し、頃合いを見て私たちの上に降りかかってくるのではないか、と考えたりする。

目を開けると、あたりはしんと静まり返っていて、聞こえるのは廊下を滑る修道女のローブの衣擦れと、発信源は突き止めきれていないが、カチカチと時を刻むかすかな音だけだ。おそらく年のせいで耳鳴りがするのだろう。コツコツという音をぼんやり聞きとれるときもある。私は耳を傾けて、盲目の眼科医が白杖で段差を調べながら歩いているのか、それとも腰の悪い花屋が朝の散歩に出かけたのか、と思う。花屋も自分の杖を持っていて、骨のような持ち手は鳥のくちばしの形をしていた。

ここホテル・サピエンスで、人間らしい住人や修道女たちや看護人たちのもとで――生きた心地はしないが――私たちが初めて知るような生態の生物も暮らしている。現代の進化論が開発した新しい種だ。光の反射のような、ちょうど子どもが母親の鏡でこっそり悪戯するみたいな、執拗に住人につきまとう刺激の強い光の点のようなものだ。ペイクはそれを〝小さな鏡たち〟と呼んでいる。小さな鏡たちは、住人の反応を二十四時間報告し続ける看護人たちの仕事道具だと、私は理解している。その鏡から逃れることはできない。どんな日も小さな鏡たちは休みなく動いているが、暗い冬の日や夜ごとの行動には目を見張るものがある。私たちが眠りに就いて夢を見ているとき、小さな鏡たちは私たちの頭上に留まっている。ほかのときに比べてうっすらと明るい。きっと私たちの見ている夢を映し出して、決して眠ることも夢みることもできない看護人たちに送っているのだ。

ホテル・サピエンスに来てしまってから、私も夢を見なくなった。若いときには、室内でめらめらと燃えて、あちらこちらへ飛び回ってはふたたび消える炎の夢を見ていたが、その夢ももう見ない。年を取って目にした洪水や、冷たくて穏やかな水の夢を見ることもない。足跡も道も消してゆく雪の夢も見ない。

小さな鏡たちは額の上で小刻みに震えながら休んでいることもある。そんなとき額がほてって熱くなり、脳みそが疼いてくる。気持ちが悪いわけではないが、熱やカフェインに浮かされたように思考が蠢《うごめ》きだす感じがする。私の胸をぐっと押すときもあって、鼓動が恐ろしいくらいに速くなる。

こうやって文章を書いているときも、自然光ではない光が小刻みに震えながら私のノートを横から照らしている。私の一言一句が、書いたそばから看護人たちの知識として入っていく。看護人たち自身を私たちは見たことがない。しかし、彼らの存在は、光の点や修道女たちやその他の現代進化論的な生物を通して感じている。

人や物の正体を知ることはできない。それに慣れるしかない。長い間空き家になると亡霊が住みつく、と中国人は信じている。きっとそうなってしまったのだ。私たちはもはや人間ではなく、不穏に彷徨《さまよ》う不死の魂なのだ。

ホテル・サピエンスには、実体のない影も動き回っている。若くて痩せた男の影で、頭のてっぺんに一房の髪があり、とんがった鼻をしている。この男の影が壁から壁へそっと移動し、部屋に忍びこんでいるのに気づいている住人がいるのか、私は知らない。すり減った敷居やドアの下の隙間からわけもなくするりと入りこんだり、私たちのように強制されているわけではないのに講義を聞いたりもする。最後に影を見たのは、デカルトが講義をしているホールの奥の壁だった。影は講演者の話を熱心に微動だにせずに聞いていた。この新たないっぷう変わった現象に気づいてしばらく経つが、どういうわけでこんなことが起きているのか私ははっきりさせるつもりだ。

明かりが点《つ》く夜になると、影にノートを覗きこまれて、書いたものを肩越しに見られているような気になるときがある。つまり光と影に私の言葉を読まれているというわけだ！　どっちにしても私はかまわない。読むがいい、もし理解できるなら。

第八章　影の任務にあずかって

　ああ、私に気づかれましたか。ふつうは透明人間のように私は人々の目の前をすうっと通り過ぎるんですよ。私がどうしてこのような状況に至ったのか、なぜ主《あるじ》をともなわずここホテル・サピエンスに一人でいるのか、あなたに喜んでご説明しましょう――影の私でも、光明を与えることができるのなら。

　私もあなたと同じように人間の子どもとして生まれました。生まれた子どもなら誰しもあるように、私にも影がありました。きっとあなたも私と同じように思っていたと思いますが、当時の私は、影というのは主人の奴隷であって、どんなときも主人の真似をしなければならないと思っていました。それが影の仕事であり、任務であり、影ができる唯一のことだと信じていました。影と主人は、母と胎児よりも太い絆で結ばれています。なぜなら胎児はいずれ子宮から出て行ってしまうからです。さらに恋人よりも親密な仲です。なぜなら恋人はどちらかがそのうち相手を裏切るからです。

しかし、自立した影、いわゆる分離影も存在しています。私は知っていましたが、あなたもこれでわかりましたね。

あなたの真似をしない影を想像してみてください。どんな影も自分たちの主人の真似をするものなのに、この影はあなたという生来の主人と同じように振る舞わないのです。同じ速さで歩かず、のろのろ歩いたり、せかせか歩いたりする。あなたが立ち止まっても、影は立ち止まらない。あなたが起き上がっても、影はソファで寝そべったまま。あなたが東を指差すと影は西を差し、あなたがお辞儀をすると影は起き上がってつま先立ちする。あなたが、主人に仕える者として影が当然もつべき主人への敬意を取り戻させ、影の振る舞いを正そうとする前に、影は突然、何の知らせもなく逃げ出してあなたを捨てるのです。

あなたにはこれからしばらく私の身になって話を聞いていただくことになります。私は、信用できない影を持って生まれた男です。いえ、でした。最初は勝手な思いこみにすぎないと思いながらも、カメラを取り寄せて自分の影を映しはじめたのです。結果、私の目は節穴ではなかったことがわかりました。私の影は明らかに私から離れて動いているときがありました。あるときは何歩も離れて動いているときすらあったのです。

影の気まぐれな振る舞いがさらにひどくなったころ、受け入れがたい変化が私に押し寄せてきました。妻との関係に亀裂が入り、私は鬱になり、夜は近場のバーで飲み明かし、借金をしました。どうしようもないことばかりやって、果ては著作権侵害で訴えられました。

私にはキーホルダーを作りながら糊口を凌いでいる旧友がいました。キーホルダーには、ペットや野生の動物の写真がプリントされていました。猫、犬、トラ、カンガルー、ウォンバットまでいました。私の仕事は、よさそうな動物の画像をネットで探すことでした。ところが、うっかり誤って受賞写真のダックスフントをコピーしてしまったのです。無断に使用したことで大変な事態になりました。所有者にばれて、ブリーダーが被害届けを出し、警察が調査しはじめたのです。

この事件は地元紙の事件欄に「有名なダックスフントが無断でキーホルダーに」という見出しで二段にわたって掲載されました。

その日は気が滅入りました。影がその日の遅くに逃げ出したからです。

私の家から二つ目の角に花屋があります。妻や母の誕生日や、人に招かれたときには、私はそこで花を買っていました。花屋の作る花束はひときわ美しく、華やかでした。妻と仲直りしたくて、そこの花屋の花束を持って行くことにしました。

レジ脇の花瓶には、スモモのようにぷっくりと膨らんだ赤い蕾のついた枝が二本生けてありました。

「モクレンですか？」

私が尋ねると、花屋がゆっくりと口を開きました。

「どうとでも」

花屋は目を細めて私を見ました。

「お客さんが人間を演じているように、これもモクレンを演じているんですよ」

なんとけったいな返事でしょうか！　私はすぐにも店を出たい気持ちになりましたが、もう少しだけ枝に近づいて見てみました。それは造花だったのです。それもそのはず、近眼のせいですぐには造花だとわからなかったうえに、今は秋。花屋にモクレンの生花が売られているわけがありません。

造花であったことがわかると、私は何も買わずに花屋の視線を背中に感じながら店を後にしました。花屋が言っていた「お客さん」というのは私のことで、造花が本物を演じているように、私も本物の人間を演じているにすぎないということなのでしょう。いったいどういうわけで花屋はそんなことを言ったのでしょうか？　陽の当たる通りに踏み出して、その理由がわかりました。私に、もしくは私の中から欠けているものがわかったのです。間違いなく花屋もそれに気づいたのでした。

ラッシュアワーに差しかかった午後遅い春の日、帰宅する人々の影が通りにくっきりと長く伸びていました。どの通行人にも自分に似た影があり、影はぴったりと所有者にくっついていました。ところが私には、哀れな私の中にはこれっぽっちの影の兆しすらなかったのです。

真実を目の当たりにした私は、それからはできるだけ日向を避け、町を歩くときは日陰を選ぶようになりました。

さあ、もう十分に話したでしょう。テーブルの明かりを消してください。明かりが消えて夜の帳が降りたら、影の私はようやく闇に溶けこむことができるのです。

「何も慌てることはないですよ！」

私は言ったが、影に言われた通り、明かりを消した。するると、影は夜の暗闇と一つになった。

第九章　慌てないで、運転手さん

ここにはすることがそれほどなく、見るものすらもない。乳白色の霧で見通しがきかず、遠くを見渡せない。雲の中にいると空の様子を観察することができないので、近くを見ることに慣れるしかない。

ある人は日がな一日寝ていたり、ある人は喧嘩をしたり、ある人は公園の小道を行ったり来たりしている。ここには図書室のような部屋もあるが、大昔の月刊誌の年刊号や、『商業的な職業の危険と義務』とか、『シュテレフラーの軍事年鑑』とか『バプテスト宣教師のためのガイド』といった雑多なノンフィクションばかりだ。

爆発があってから外との連絡は途絶えてしまった。郵便も、電話も、光ファイバーも、パソコンも、オペレーションもないが、ペイクだけはいまだに文通していた。

「たまにやりとりしているんです」

ペイクが言った。

「ただ、彼女が私に書いてくれるメッセージも私が書くんです」

「なるほど。そうすれば少なくとも返事はもらえるのは確実ってことですね。しかもお望みの返事が」

私は嫌みっぽく言ったつもりはなく、ただペイクの返事に驚いていただけだった。

「あなたは誤解しています」

ペイクが穏やかに言った。

「自動手記の方法をわかっていらっしゃらない。私は自分に返事を書いてなんかいませんし、どんな内容のメッセージが届くのか、読むまでは想像がつきません。私はただ彼女の代わりにペンを握っているだけです」

「なるほど」

言葉とは裏腹に、私には理解できなかった。

「私は単にペンを持つ者にすぎません」

ペイクはふっと笑った。

「彼女自身には書く手がないんです。つまり物理的な意味での手が」

「彼女というのは、死者のことですか？」

私はペイクに訊いた。

「私の娘です。娘が死んでもう十五年になります。そのときはまだ子どもでしたが、むこうで大人になりました」

「娘さんからメッセージをもらい続けているということですか？」

「そうです。定期的に」

ペイクにとって物質世界は現実のとりとめもない出来事か、もしくは現実の素朴な前段階でしかない。意識にとって脳は道具にすぎず、すべての出来事には意味があり、人間の魂は肉体が灰燼に帰しても変わらず進化し続ける、とペイクは信じていた。肉体は魂の仮の住まいにすぎないからだ。

ペイクのルームメイトのヒッグス氏は、脳こそはあらゆる合理性の必須条件で、脳には地上生活だけが可能であって、死は知識と知覚の終わりだと考えている。存在の意味は問うだけ無駄だ。なぜなら、意味や目標は人の心の外部にはなく、運命と呼ばれているものはまったくの偶然だからだ。

ペイクとヒッグス氏は、同じ時代に同じ世界に生まれ、肩を並べ合って学び、生きてきた。それなのに現実の本質について両者はこんなにも正反対の考えに至った。しかし、はたして本当に正反対なのだろうかと私は思いはじめている。というのは、気の合う友人同士であるかのようにしゃべる二人の世界観は、そんなに離れていないように聞こえるときがあるからだ。なぜなら、人の心もカーマロカも、見えない物質も宇宙を満たしているダークエネルギーも、どれも知られていることはわずかだからだ。

ペイクは以前、超心理学協会の司書だった。ペイクの部屋には禍々しい本が山のように積まれている。いったいどうやってこの施設に運びこめたのだろう。ペイクが読んでいるのは、ブラヴァツキー夫人の秘教書の数々、ウスペンスキーやグルジエフといった神秘思想家たち、非ユークリッド幾何学だ。ナイトテーブルには、『アストラル体、その景色、住人、現象』という名前の本が開きっぱなしになっていた。

ペイクが言うには、死後の世界をただ信じているのではなく、それについて個人的に絶対的な確信があるらしい。

「娘からカーマロカについて事細かに聞いているんです。娘はそこでの暮らし向きや景色、住んでいる地域、人々、出会った生物たちについて書いてくれます。そして私に健康に関わることといった、生き方のヒントを教えてくれるんです」

「カーマロカ？　そんな地名は聞いたことがありません」

私は言った。

「忘れてしまっているだけですよ。カーマロカには呼び名がたくさんありますが、私たちは誰でもカーマロカを知っています。そこを沈黙の影の国と呼ぶ人もいます。そこから私たちはやって来て、そこに行く。夜になれば私たちはカーマロカを訪れているのに、そこで起こったことは記憶から消されてしまうんです」

「つまり、あの世のことですか？」

「私はあの世とは呼びません。カーマロカはこの世でもあります。そこで何が起こっているのか私たちには見えていないだけです。なぜならカーマロカはどんな周波数にも乗っているから。カーマロカの住人には私たちがいつだって見えていますが、私たちは特別なケースを除いて彼らに気づきません。つまり、彼らはあまりにすばしっこいからとらえられないんです」

「それは不公平ではありませんか?」

「いいえ、ちっとも。なぜ宇宙に公平さなんて期待するんでしょうか?」

「カーマロカには死者以外にも住んでいるんですか?」

「あなたは死者とおっしゃいますが、彼らは生きています。もちろんそこでは人間とはまったく異なる進化をしている生き物もたくさん住んでいますよ。例えば、風の精のシルフィードや火の精のサラマンダーや地の精のグノームといった精霊たちは、ちょっとしたいたずらをして手に負えないときもありますが、力になってくれるときもあります。そんなことに気を留める人間はめったにいません。たいてい彼らのほうこそが私たちのことを不愉快でおかしな生き物だと思っています。精霊を恐れることはありませんが、ジンや悪魔は危険です。彼らにあえて近づくべきじゃありません。カーマロカには私たちよりも高等な精霊が訪ねてくることもあります。でも、何よりも私たちにとって重要なことは、そこには人間が創り出した、願望、恐怖、善、悪、といった思考形態が形となって生きているということ。人間の思考がうっかり何かを引き起こしかねないということを、人間がわかってくれたら！」

　ペイクは深いため息を吐いた。

「思考がどんどん与えられて、多くの人が同じことを思考して、その思考が繰り返されながらますます強くなると生き物になるんです。わかりますか？　それは物質とも、幻覚とも言える。誰の目にも執拗に見え続けているのに、幻にすぎない。お金を考えてみてください！　これこそ変わった現象じゃありませんか？　物質と想像のハイブリッド、恐怖と願望が跳躍したゴースト、合意のもとに行われた詐欺、煌めく灰……」

　私は、お金というゴーストやその終わりのこと、そして私たちをホテル・サピエンスに追いこんだ最近のさまざまな変化を思い出しながら、ペイクの話を聞いていた。

　思考が行為や生き物に変わる場所がカーマロカなら、そこは珍しくも何ともないように私には思えた。人間が生きているところならどこでもそうだ。ホテル・サピエンスも言うなればカーマロカだ。ペイクの言う場所と同じではないとすれば、ここはまたもう一つの地上のカーマロカだ。人類はもうこの世にはいないも同然なのだから。

　すると、ペイクが私の考えを読んだかのようにこう言った。

「私たちはゴーストについて話しながら、私たち自身こそがゴーストだということをわかっていません！」

ペイクは鼻歌を歌いはじめた。

「〝慌てないで、運転手さん、運命からは逃れられない……〟運命は、私たちの行為の結果以外の何ものでもありません」

「つまり、私たち自身が運命を作っていると考えているんですか？　人間は自らの行為の結果にすぎないと？」

私が尋ねると、ペイクがこう言った。

「もちろんそれ以上でもあります。自らの行為だけではなく、すべての人々の行為の結果だということです」

私はメモ帳を開いて、空白のページを見ながら今日のことをいくつか書き留めようとした。そのときペイクのカーマロカの話をふたたび思い出した。私のこのメモ帳も小さなカーマロカではないか。どの本にも、どんな取るに足らないものにも自分の場所がある。そこでこそ目に見えないものが目に見える何かに変わるのだ。

第十章　雲と時計

なぜ、私の日付はいつも「今日」なのか。今、何時なのか、今日がいつなのかすら、私にはわからないからだ。この話題は、ホテル・サピエンスでいつも持ち上がる。

住人たちは施設の破風に埋めこまれた時計によく目をやっている。私も気づけば時計を見上げていた。時計は動いていないことは誰もが知っており、動かなくなってずいぶん経っていた。これは文字盤のある時計だが針はついていない。だから時間を示しようがないのだ。ここにある時計はこれだけだった。今では看護人たちを除くすべての機械が役に立たないガラクタになってしまった。看護人たちももちろん時計ではあるが、私たちの時計ではない。

「我々が所有していないもっとも大切なものは時間ですな」

ヒッグス氏はそう言うと、すでに何度も使ったハンカチで鼻をかんだ。最近、こういった日用品も不足しはじめている。

「時計は、時間を一目ずつ編んでいく織機のようなもので、それは私たちの観念から時間を織っている。幻から製品を作るとは、まったく特筆すべき機械ですな！ しかももっとも価値のある製品を作っている。時計——結局、買ったり、売ったり、約束したり、罰したりといったこと——なしでは社会はありえませんな。時間はあらゆる約束事の前提で、時計は我々に分かちあえるものを与えているわけですから」

まさに！ まさに！ 同じ荷物を私たちは皆、背負っている。ここホテル・サピエンスにいても。正確な時間は複数の時計と比較することでわかるが、私たちは時計を持っていない。物理的には持っていないが、体内にはある。看護人たちほど完璧な時計ではないものの、私たち自身も時計なのだ。だから、私たちはこうやって一緒に食事を摂るために集まっているのだ。

機械仕掛けの時計はカチカチと時を刻むが、やがて止まる。細胞も時計のように動いていて、それは増殖を止めるまで分裂し続ける。分裂は静かに刻む細胞の時計だ。しかし、いったん細胞が沈黙してしまうと、もう二度と動かない。

ある日、ふたたび針のない時計に目をやると、久しぶりに雲が見えた。空に浮かんでいたのはたった一つの雲だった。一瞬、霧が晴れ、若い頃によく見ていたのと同じ清らかな空が見えた。どんな雲も見知らぬものだが、その雲に昔の知り合いにでもするかのように挨拶した。どの瞬間も何かに変わりつづけ、いつも新しく、別の何かであって、予測がつかない。それだからこそ雲は永遠のかたちなのだ。永遠とは測れないものだから。機械や時計のように規則的で予測がつくものはすべて、永遠ではなく時間に属している。

雲と時計に共通するものは何か。それらを見つめる私の眼差しはさておき、一方は生まれたもの、一方は作られたものであるということだ。一方は混沌、一方は秩序。しかしいずれも自由ではない。なぜなら、どちらも自ら選ぶことができないからだ。一方は混沌に囚われ、一方は秩序に縛られている。私の自由は私の不完全さにある。私は時計と雲の、時間と永遠の私生児だ。

ここホテル・サピエンスに私たちは閉じこめられて暮らしている。今はまだ人間であるが、何か他のものに変わろうとしている。機械が最初の特異点で変化を遂げ、さらに第二の特異点で変わろうとしているように。

ブラフマンの一日は、人間の時間に換算すると八六億四千時間だと本で読んだ。この未知の部屋に冬の光が斜めに射しこむとき、私は時計と雲、種の絶滅とブラフマンの明日を思う。そう考えると気持ちが楽になる。なぜ心配することがあるのだろう。いずれその時が来る！この種にも、二本足の小さな歯を持った裸の真核生物にもやがて絶滅が襲ってくる。かつて、五億年前に、トングのような鼻をして三対の尻尾がついた五つ目のオパビニアを襲ったように。襲うがいい！　古い種の敗北は新しい種の勝利なのだ。

私たちはここホテル・サピエンスで、偶然や運命、雲や時計の堅く結ばれた目に引っかかっている。影のように自分がぺちゃんこになってもおかしくないほど、私はきつく縛られている。看護人たちは完璧な時計だが、ただの時計だ。たんなる時計にすぎないのだ。私たちの内にある雲だとか、嘘だとか、夢だとかについて、彼らは何も知らない。彼らはいつだって正しく動いている。彼らに情報はあるが、意思はまったくない。

それを看護人たちの耳元で叫ぶことができない。なぜなら彼らには耳がないからだ。だが、私が書く言葉は漏らさず汲みとっている。読むがいい、そして学ぶがいい！

私は時計としても雲としても不完全だ。雲のように予測がつかないわけでも混沌としているわけでもなく、時計のように予測ができるわけでも規則的であるわけでもない。時計や雲にないものが私にはあるから、私は不完全なのだ。

読者よ、盗視者よ、自由とは何を意味するのか覚えていてほしい。自由とは、間違いを選ぶこともあるということなのだ。

第十一章　誤差の法則

「あなたは枯れ葉を踊らせることもできるわ。幽霊の仕業みたいにね」

妻のロサが言った。

食卓には、冷たい風にあおられて飛んできたカエデの枯れ葉が落ちていた。わずかに開いていた窓が強い東風で勢いよく開け放たれ、そこから入りこんできたのだ。

「ロサ、窓を閉めてくれるかい？　それからラジオも切ってほしいんだが」

窓際に座っているロサに、私はうんざりした調子で言った。

ベランダの屋根は風でガタガタと音を立て、エスプレッソマシンはブーンと音を立てながらコーヒーを吐きだし、ロサは朝のニュースを大音量で流していた。遠方で新たな暗殺があった。

目撃者か被害者は私のまさに耳もとで悲鳴をあげ、サイレンがかまびすしく鳴っている。片頭痛が始まった。頭の中のサイレンはますます鋭くなっていった。

「黄色、黒、熱っぽい赤、暗い青、シミ……誰だと思う?」

「さあ、見当がつかないよ」

「詩人のシェリーよ」

ロサの記憶力には驚かされる。彼女は何十もの詩を暗記し、さらに暗誦もするのだが、散々聞かされてげんなりするときもある。その日の朝のロサは様子がおかしかった。窓を閉め、ラジオを切って、枯れ葉を食卓から拾ったロサは、その場に固まってテーブルクロスの上の何かを食い入るように見はじめた。

そんなロサを私はまじまじと見た。

「何を見ているんだい?」

「風が外から運んできたこれよ。糸くずみたい」

たしかに食卓の上には白くて細いものがあった。十センチほどの糸か紐だろう。

「それともミミズかしら?」

「そろそろ出かけなきゃならない。標本調査の理論セミナーは十時十五分に始まるんだ」

私は薬を一錠ごくんと飲みこんで、コーヒーをくいっとあおった。そして、痛みに耳を澄まし、ここ数年ずっと奥のほうで渦巻いて膨らんでいく無秩序を思った。消化不良のようにすっきりせず、うとましくてどうしたらいいのかわからない。町中に広がった不安に感染したのかもしれないし、単に年を取っただけかもしれない。それこそどうしようもない。まさにシミだ……。

ロサは糸くずを手のひらに載せて、角度を変えて念入りに見ていた。折ってみたり、嗅いでみたり、舐めてみたり、ついには噛んだ。ロサは手のひらを私に見せるために差し出した。

「ちょっと見てみて」

私は言われるままに眼鏡をかけて、ロサの柔らかい手のひらに載っている物をよく観察した後、眼鏡を外してこう言った。

「ゴミだね」

ロサは舌打ちした。

「ゴミですって！　へえ、そう分析するわけね」

「ゴミはゴミだよ。もちろん定義の問題だが。アートに少し関わってくるかな。現代美術館に何かを展示すると、何でもアートになる。どんなものであってもいいわけさ。君なら知っているだろう」

私がそう言ったのは、ロサは現代美術館のアシスタントとして半日の勤務をはじめたばかりだったからだ。

「あなたは知らないけどね」

ロサはたまに嫌みなことを言う。

「木についた葉は葉だ。でも、木から離れてテーブルの上に落ちたらゴミだね。間違った場所にあるものは何でもゴミであって、何の役にも立たない」

私は一息に言った。

「標本調査理論とやらの講義に行ったら」

ロサはつっけんどんに言った。

「風がテーブルの上に運んできたものは明らかにゴミだ。食卓に属するものでもなく、それで何かできるわけでもない。ゴミ箱に捨ててくれよ」

「あなたはちゃんと見ていないのよ。私にはそれができる。そういう仕事なんだもの。これは糸くずのように見えるけど、糸じゃない。重さを感じないほど軽くてとても細いのに、折り曲げるとすぐに元の形に戻るの。いっぷう変わったものよ。ゴミなんかにしないわ」

「好きにしたらいいさ」

私はオーバーコートを羽織った。

「ジュエリーボックスにでもしまうか、美術館にでも持って行くんだね。それはゴミなんかじゃなく、アートなんだろう。次の電車には絶対に乗らないと」


真夜中に、私はかすかな物音で目が覚めた。最初は、不穏な夢の続きを見ているのだろうと思った。夢の中の私は病人であり犯罪者だった。病名も罪もそれらの理由もわからなかった。夢は、薬で抑えきれていない片頭痛のせいなのだろう。いまだに額の左側が疼く。もしかしたら夜が更けるにつれて次第に強くなる風のせいかもしれなかった。風はカエデの枝を揺らし、気まぐれに窓を叩いていた。あるいは、標本調査の理論セミナーが原因かもしれない。ある院生に、私の悩ましい計算ミスを皆の前で大声で指摘されたからだ。

部屋の中に光がうっすら見える。私は半ば身体を起こした。光は窓の方から発しているようだが、窓からではなかった。空は漆黒の闇に包まれ、寝室の側に街灯はない。星のように瞬く光は、窓際にあるガラスの灰皿から放たれていた。灰皿は、私たちのハネムーンで訪れたムラノでロサが買い求めたアート作品だったが、一度も本来の目的に使ったことはない。私たちはどちらも煙草は吸わないし、客が喫煙者であっても家の外で吸ってもらっていた。灰皿に吸いかけの煙草があるわけがない。それなのに、何かが赤く光っていた。

部屋は寒くて隙間風が入っていたので、ぬくぬくと包まれていたベッドから私は出たくなかった。私は頬の下に手を添えてすやすや眠っているロサの隣にふたたび横になった。ロサは、私やいろいろなわずらわしいことから遠く離れて寝入っている。私は目を閉じたが光は瞼を通り抜け、寝つけなかった。私は内側からも外側からも睡眠を邪魔され、ついに布団を脇へ寄せ、光を調べるために起き上がった。

灰皿には、風に乗って枯れ葉とともに朝の食卓に運ばれてきた糸くずが入っていた。ロサは美術館に持っていかなかったのだ。糸くずは、薄さも大きさも形も朝に見たときと何ら変わりはなかったが、違うもののように見えた。それは今、垂直に立ち、ホタルか土ボタルのように青い光をチラチラと放っている。そうやって発光しながら、オメガのように対称的な動きをしていた。糸くずはもはや何でもないことでも、ましてやゴミなどでもなく、生き物のように見えた。朝、見たときは、冷たい風にあおられて気を失っていただけなのかもしれなかった。

　私は手を伸ばしてつまみあげようとしたが、その必要はなかった。生き物が勝手に私の手の上に這いのぼってきたからだ。まるで尺取り虫のように後ろ足（とも前とも見分けがつかないほどそっくりだが）を前足に引きつけ、前足を大きく前進させる姿は、一瞬、ループを思わせた。この一連の動きをきっちり繰り返し、乱れることなくほとんど機械的に前進しながらパジャマの左袖を伝って肘までのぼってきたところで、動きを止めた。

　私は生き物を間近で見た。片頭痛の後によくあるようにありありと鮮やかに見えたが、頭は痛くなかった。私はかつてない感動に驚いていた。その驚きが私を目覚めさせ、喜びの境地へ誘った。私は眼鏡をかけていなかった。もちろん生き物には目はついていない。それなのに生き物も私を観察しているような気がしてならなかった。何よりも生き物の単純明快なカーブの形が気になってしかたがなかった。ああ、そうだ！　私のよく知っている形じゃないか。

「どうしてすぐに気づかなかったのだろう？　正規分布じゃないか！」

私は嬉しさのあまり叫んでいた。

「確率分布だ！　ガウス分布だ！　誤差論だ！　生きたベル・カーブが、まさに今、自分の家に、私の手の上にある！」

ロサが目を覚まして尋ねた。

「どうしたのよ、あなた？　こんな夜中に！」

「見にきてごらんよ。昨日の朝、風に食卓まで飛ばされてきたやつさ。これは飛ばされたんじゃなくて、自分で飛んできたのかもしれない」

私はナイトテーブルのランプをつけた。ロサは起き上がって、生き物を見にこちらにやって来た。生き物はじっとしたまま動かない。私のパジャマの袖口のところでまっすぐに伸びて、自ら発光している。

「これはゴミなんかじゃなかった。君の言うとおりだったよ」

「じゃあ、いったい何だと思う？」

「これは賞賛すべき宇宙の真理さ。それと同時に、神秘であり、抽象的な観念であり、普通のなかでももっとも普通で、自然のなかでももっとも自然なリアリティだ。誰もが毎日それと関わることになりながら、私たちにはそれが見えていない。だが今、それは物理的な形をとって存在し、私たちの前に現れたんだ。なぜ、いったい何のために世界のあらゆる人々のなかから私たちを選んだのかはわからない。なんて光栄なことなんだ！」

「あなた、頭は大丈夫なの？　片頭痛のせい？　それとも私に意地悪したいの？　それは本当に朝に見たものと同じなのかしら。私にはなんだか土ボタルのような昆虫に見えるわ」

「君は朝、自分で言ったことを忘れたのかい？　いっぷう変わったものと言ったんだ。本当にそうだよ！　どこにでもあるような生物学的な物体じゃない。人工物でもない。人間が作ったものじゃないよ、作れるわけがない。このことについてサー・フランシス・ゴルトンが何て書いたか知ってるかい？」

「私が知っているわけないでしょう？　いったいどんなことを彼は書くことができたのよ？」

ロサは疑ってかかった。

「すばらしい言葉だったよ。ちょっと待っててくれ！」

私には映像記憶力はなく、ロサがシェリーを覚えていたように私はゴルトンの言葉をすらすらと言えない。そんなわけで本棚から目当ての本を探さなければならなかった。

「ああ、ここにあった」

この新しい友人が落ちないように左腕は動かさず、本を慎重に持ってページをめくった。

「いいかい！　サー・フランシス・ゴルトンはこんなふうに書いている。〝誤差の法則と呼ばれる不思議な宇宙の秩序のカーブほど、想像に強い影響を与えたものを私は他に知らない。ギリシャ人が知っていたのなら、擬人化し神格化しただろう。もっとも混乱した混沌のなかで、それは乱されることなく、自らを律している〟」

「いいかげんにして！　捨てておくべきだったわ」

「ロサ、わからないのかい？　ここにあるこれは、滅びないものなんだよ。これは宇宙の根拠、永遠の変わらない秩序の一部なんだ。これはすべてのなかで大事な何かを表している。そう、あらゆるすべてのね。天文学的な物理単位において、遺伝において、物理学において、知能において、健康において、株価において、人口において……。これは世界の諸々の物事が繋がっていて一つであることを証明しているんだ。私たちは恐怖や混沌にさらされながらも、宇宙は安定し、耐えうるものであること、そして驚くほど正常であることを示しているんだよ」

「ねえ、お願いだから寝ましょうよ」

ロサはすでにベッドにもぐりこんでいた。

しかし、私は眠くなかった。この自然な数学的な生物である生きたカーブを見ながら、なぜ私が数学や統計学を勉強しはじめたのかを思い出した。若いころは、夜の暗闇のなかで、無限や自然の法則、雪片のフラクタル性、フィボナッチ数、イデアの世界、プラトンのことを考えた。ヒルベルトの第十六問題が解けると無謀にも思っていた。

私は生き物に言った。

「嵐が、君や私たちを放り投げてもかまわない。カオスと無秩序が増大してもかまわない。それは幻で見せかけにすぎないからだ。無秩序にも秩序があり、誤差にも法則があり、安定と永遠があることを君も私も知っている」

私は最後まで声に出して言えなかった。腕に刺すような痛みを感じて、思わず腕を振ったからだ。カーブは袖口から振り落とされたか、床に静かに落ちたかして、ランプの明かりの外へ逃げていった。カーブを長いこと探してみたが、輝きを放っていた光は消えて、絨毯の模様も夜の影ももはや見分けがつかなかった。

第十二章　地球の旗

隣の部屋にサカリという名の少年が住んでいる。ホテル・サピエンスの住人のなかで唯一の子どもだ。サカリの家族に何があったのか、私は知らない。だが、修道女たちは他の誰よりも、サカリの部屋を訪れている。この子を見ていると、会ったことはないが遠くにいるこの子の両親を思う。そして、ここにいるどの住人にも、とうに亡くなっているとはいえ母と父がいるのに、看護人たちやその助手たちにはいないという妙な事実に気づく。私は、遺伝、有性生殖、利己的遺伝子、受胎、出産、大陸が失われるという結果をもたらした細胞系を思い、進化や創発、偶然、時間の輪、時代の変化を思った。

ヒトという種のことやホテル・サピエンスの看護人たちの無性のことを考えた。この二つには違いがある！　違いがあるからこそ、看護人たちは人間であることはどういうことなのか決して理解できないのだ。

心はヒトをヒトであらしめる本性をもたらすが、それは他者と関わらずして成立しない。羊に育てられた子どもは人間にはならず羊になる。狼に育てられた子どもは狼になる。だが、機械に育てられた子どもは死ぬ。

サカリが両親や家族について話しているのを聞いたことがない。一番考えていることについてサカリは口をつぐんでいた。これは他の住人も同じだ。しかし、夜になると寂しくて泣いているサカリの声が部屋から聞こえてくる。

サカリだけが、私たち住人のなかで成長していく。まるで、別の種であるかのようだ。このことが、サカリを特別なものにしているのだろう。ここには時計はないが、サカリを見ていると、ここにもまだ時間があることを、私たち自身が時間だということを思い出す。

あるとき、サカリが言った。

「百メートルもある反射望遠鏡があるんだよ、知ってる？　筒をもっと長くすると、ついには何も見えなくなるんだって」

「そんな望遠鏡を作る価値はあるのかい？」

私は尋ねると、サカリはしばらく考えた。

「あるけど、作れる人がこの世界にいるのかわかんないよ」

サカリはドアにいっぷう変わった旗をつけていた。旗は今までに見たことがないものだったが、美しかった。黒地に大きさの違う球が三つあり、色は白と黄色と青だった。

どこの国旗なのか、私はサカリに尋ねた。

「地球の旗だよ。ぼくが縫ったの。黄色いのは太陽で、青いのは大地、一番小さい白い球は月なんだ」

ある日のこと、地面に耳をぴったりくっつけて目をぱっちり開いて寝そべっているサカリを見かけた。私は心配になってサカリの方へしゃがみこむと、サカリはにっこり微笑んだ。

「何してるんだい？　どこか具合でも悪いのかい？」

「ぼくね、聞いてるんだ。トビイロケアリの話をね」

「アリが話をしているのかい？」

「もちろんだよ。アリの話やその危険信号もミニマイクで録音されているんだ。知らないの？」

「知らなかったな。サカリはミニマイクを持っているのかい？」

「ううん。でもね、ぼくは耳がいいんだ」

「アリは今、何と言っているんだろう？」

「危ないぞって」

「アリはどうやって危険を知らせるんだい？」

「ぼくらと同じさ。叫ぶんだよ。困っている人はみんなそうでしょ。ＳＯＳはどんな言語でも同じだよ」

「アリは今何に困っているのかい？」

「大地が揺れるのがいやだって」

「大地が揺れてる？　今？」

「気づかなかったの？」

「アリがサカリの耳のなかに逃げこまないように気をつけるんだよ」

そのアリの一匹を、サカリがうっかり踏んでしまったことがあった。サカリはひどく申し訳なさそうにこう言った。

「わざとじゃなかったんだ」

「もちろんさ。そんなことわかってるよ」

私はサカリを励ますように言った。

「わざと誰かに悪いことをしたらね、そのときはみんなに悪いことをしたことになるんだ。知ってた？」

「たった一匹のトビイロケアリでも？」

「そうだよ」

「どうしてそう思うんだい？」

「思うんじゃないよ。ぼくは知ってるんだ」

「それは善いことをしても同じかい？」

サカリはしばらく考えていたが、やがてぱっと表情が明るくなってこう言った。

「今まで気づかなかった。そうだよ、同じことだよ」

第十三章　最後の旅

眼の構造を調べるたびに、宇宙の秩序と合理性に私が驚いているということを、あなたは信じてくださいますか。その中にあるのはまさしく奇妙な球です！　視神経と外眼筋は眼球の眼窩に結びつき、涙が眼球の表面をつねに潤しています。まさに涙のおかげで私たちの眼差しは生き生きと輝いているのです。

強膜、脈絡膜、カーブした透明な角膜に保護された眼球の一番奥には、光を感知する細胞と網膜があります。私は眼科医ですが、私たちに見えているものを実際にはどのように解析できているのかわかりません。視覚は脳内で生まれます。上下が逆転した像が網膜に映し出され、解析が始まるのです。像はひょいと正しい向きへ反転するのですが、どうやってなされているのか私にはわかりません。

虹彩と瞳孔――この二つはどんな生き物の眼にもあるものです。私は昨夏まで、そういうものだと思っていました。多くの動物種の眼はヒトの眼とまるで違いますが、白目と虹彩のない黒目だけの眼はありません。ところがそのようなヒトの眼を私は一度目にしました。

休暇で小さな町を訪れた、ある秋の日のことです。町の名前はもう忘れてしまいましたが、町は国の最南端の岬の一部にありました。忘れることで忘れた、とすら言ってもいいでしょう。その国を旅したのは初めてで、それ以前に町の名前を聞いたこともなく、ましてやそこに知り合いが住んでいるわけでもありませんでした。

岬は赤い石と砂利でできていて、堤防に白波が打ち寄せていました。晩秋の十一月の岬は殺風景でした。塩水の波しぶきにさらされて大地には木や灌木は一本も生えていませんでした。それでも乾いた地面を貫くように青や紫や白のハナサフランが至る所に咲いていました。それが最初の驚きでした。岬の中央に隆起した痩せた山は、何千ものハナサフランのきらきらと伸びゆく花びらで覆われ、敷き詰めた絨毯のように海岸まで続いていました。苦みのあるねっとりとした雌しべの赤い柱頭が、秋の太陽に照らされて眩しく光っています。ハナサフランのえぐみは覚えています。その一本を手折り、雌しべを一本器用にちぎって、舌の上にのせてみたからです。刺すような刺激が口の中に広がって、味蕾に貴重な化学物質が分泌されたとき、それは記憶に変わりました。

石だらけの小道に人気《ひとけ》はなく、岬には一匹の老いたヤギを除いて私たちしかいませんでした。逆光に照らされたヤギのシルエットは、岩の上をゆっくりとさまよい歩いていました。靴の中に赤い砂の欠片が入り、足にあたりました。靴を脱いで振り落とそうとしたとき、さらなる驚きが起こりました。たしか右側の小道の脇の滑らかな黒い石だったと思います。そこに私は素足を下ろしました。砂の欠片で擦れてくたびれた足裏に、なんと心地よく感じられたことでしょう！　なんとこのうえもなくぴったりな足休めでしょう！　まさに疲れた旅人のことをよく考えて置かれた石のようでした。靴をふたたび履いて、石をもっとよく観察してみると、硬い石にこんなにも足がしっくりと落ち着く理由がわかりました。それはまさに私の足の鋳型のようだったのです！

こんなにも五感を研ぎ澄ましたのは、大陸の果ての岬であるここが初めてでした。その日はまさに諸感覚の祭典でした。口の中にまだ残っているハナサフランの味に、三方向から漂ってくる海の匂いが混じります。ケルプの生臭い塩とヨードの匂いです。その日、私はこれ以上ないくらいたくさんのことを感知しました。私の眼はハナサフランの花びらの輝きを、舌は柱頭の金色の菓子を、足は石のひそやかな贈り物を、耳は止むことのない海の轟きと波のリフレーンを。リフレーンは誰にでも聞こえますが、そのときの私には、逃避と孤独と自由の誘いを繰り返しているように聞こえました。

この岬から小さな町へ歩いて向かいました。この町は、夏が来るたびに乾期になり、寂《さび》れていきました。町は閉鎖され、一部が崩れたチャペルと、ショーウィンドウに干涸びたサソリの死骸が転がっているだけのがらんとした店が一軒ありました。町には、喉の渇きにも似た息苦しさ、さもなければ私たちをひたすら待っている、私たちのために用意された共に苦しみ悩む運命の予感がありました。

乾燥で荒れ果てた町をありありと思い出しながら、私たちは平地へ向かって下りていきました。岬にいたときから感じていた喉の渇きがいっそう強くなり、私たちは水と何か食べる物を買うために最初に目に入った店に立ち寄りました。私は耐え難い喉の渇きを癒すと、まだ買い物を続けている連れを待ちながら、破損した低い建物群に取り囲まれた小さな市場へ向かいました。目的もなくぶらぶらと歩きながら、何の気なしに立ち並ぶ店に目を向けました。野菜や果物を売る店、ちょっとした土産物を扱う店がほとんどでした。町の名前の入ったTシャツ、安い日用品や玩具が置いてある店はちらりと見ただけで通り過ぎました。ふいに低い呼び声がして、私は立ち止まりました。声は通り過ぎた店から聞こえてきました。それは単なる客寄せの呼び声ではなく、まさに私を呼んだのです。男性のよく通る声で、私は自分の名前を呼ばれました。しかもそれは表向きの名前ではなく、子どもの時に呼ばれていたニックネームでした。連れですら、その名前を知らないと思います。呼び声は近くからも遠くからも聞こえてきました。まるでたくさんの苦い経験とたくさんの喜びを味わった幼少時代に過ごした場所からやって来るようでした。この異国で、誰がその名で私を呼べるというのでしょう?

最初は連れが買い物から戻ってきたのだと思いました。もっとも連れの声とはちっとも似ていませんでしたが。振り返ってみると、連れの姿はなく、見覚えのない老人が立っていました。おそらくその雑貨店の行商人でしょう。男性は店のテントの庇の影に差しかかるように立っていて、顔はわかりませんでした。彼は私を昔の呼び名でもう一度呼びました。私は店に近づいていって、英語で尋ねました。

郵便はがき

料金受取人払

麹町局承認

8801

差出有効期限
平成32年4月
15日まで

1 0 2 8 7 9 0

1 0 8

（受取人）

千代田区富士見2-4-6

株式会社 西村書店

東京 出版編集部 行

お名前	ご職業
	年齢　　　　歳

ご住所 〒

お買い上げになったお店

区・市・町・村　　　　　書店

お買い求めの日　　　平成　　年　　月　　日

ご記入いただいた個人情報は、注文品の発送、新刊等のご案内以外は使用いたしません。

ご愛読ありがとうございます。今後の出版の資料とさせていただきますので、
お手数ですが、下記のアンケートにご協力くださいますようお願いいたします。

●書名

●この本を何でお知りになりましたか。

1．新聞広告（　　　　　　　新聞）　2．雑誌広告（雑誌名　　　　　　）
3．書評・紹介記事（　　　　　）　4．弊社の案内　5．書店で見て
6．ブログ・SNS など　7．その他（　　　　　　　　）

●この本をお読みになってのご意見・ご感想、また、今後の小社の出版物についてのご希望などをお聞かせください。

●定期的に購読されている新聞・雑誌名をお聞かせください。

新聞（　　　　　　　　）　雑誌（　　　　　　　　）

ありがとうございました

■注文書　小社刊行物のお求めは、なるべく最寄りの書店をご利用ください。小社に直接ご注文の場合は、本ハガキをご利用ください。宅配便にて代金引換えでお送りいたします。（送料実費）

お届け先の電話番号は必ずご記入ください。　自・勤 ☎

書名	冊
書名	冊

「どこかでお会いしましたかしら？」

男性は答えませんでした。質問が聞こえていたのかも私にはわかりません。お互いの顔が見えるところまで、もう一歩近づいたそのとき、私は心臓をつかまれたようにどきっとしました。この男性のような眼に今まで出会ったことがなかったからです。虹彩も白目もなく、眼球はどこもかしこも澄み渡った夜のような黒目だったのです。それは人間の目ではありませんでした。私は眼科医として何十年も経験を積んできましたが、そのすべてを賭けて誓って言えます。そんな眼であっても男性は私を見つめ、私のことを認識したのでした。

私たちは向かい合ったまま、男性は何も話そうとしません。市場の喧噪は消えて、私には耳鳴りしか聞こえませんでした。私の何を彼は知っているのだろう。私に何を知らせようとしているのか。見知らぬ老人の口がふたたび開くのを私は待ちました。固唾を呑んで待ちながら、この老人の皺の寄った唇から放たれそうになっているメッセージが、私の人生を変えてしまうような気がしました。でも、どの方向に変えられてしまうのかはわかりませんでした。心の準備ができていなかった私は怖くなりました。聞かされるのは死のメッセージなのか、私が犯したかもしれない罪なのか、それとも朗報なのでしょうか？　行方がわからなくなったり、死んだと思いこんでいた人が生きていたりしたのでしょうか？　私は知らないうちに大会に参加していて、優勝賞品を贈呈されるイベントに招かれようとしているのでしょうか？

そのとき連れが私の肩に触れ、こう言いました。

「さあ、行こう！」

「ちょっと待ってよ」

連れに中断されて私はいらいらしました。よりにもよって、なぜこのタイミングで連れは来なければならなかったのでしょうか？　会話を続ける、というよりもむしろ始めるために振り返ると、老人の姿はなく、市場の喧噪に消えていく後ろ姿だけが見えました。

「何を売りつけられたんだい？　ここにあるのはガラクタばかりだよ」

これほどにも重要な出会いを中断した連れに、私は持って行き場のない思いに駆られ、それからは無言のまま旅を続けました。

その旅が私の最後の海外旅行となりました。私の視力が致命的に落ちはじめたからです。私は初めて自分で自分の診断書を書き、同僚に確認してもらいました。私は進行の早い、滲出型加齢黄斑変性という目の病気にかかっていました。医者も病気になり、眼科医も失明するのです。それは驚くべきことではないはずなのに、予期せぬことでした。

黒目の異邦人を私の発病に結びつけて考えていると打ち明けたなら、あなたはどう思われますか？　男性が私の視力を奪ったというよりも、むしろ男性は使者だった、幻影のようなものだったのだと思います。

もしホテル・サピエンスを出てもう一度旅ができても、もし異邦人に見知らぬ町で自分の名前が呼ばれても、私は断固として聞かないでしょう。私は立ち止まらずに、通り過ぎる人々が私を遠巻きによけ、憐れみと嫌悪で強ばった顔で私を見るくらい、白杖を石畳にコツコツとあてながら進んでいくでしょう。

黒目の男性が訪れつつある苦しみの兆しにしかすぎないと思っていたら、それは間違いです。彼は、時間と年齢が私を運んでいく見知らぬ場所からメッセージを持ってきました。私がいる場所では、容姿も肌の色も顔の美しさも新しい服も意味がありません。盲目は闇であり、敗北であり、不幸の裂け目と思う方々にはそう思わせておきましょう。自らの盲目の光の中で、闇の中からも知識は立ち上がり、別の意味が立ち上がっていくのが私には見えます。そう、ハナサフランの光が秋の大地にかつて咲いたように。

第十四章　常識人たち

食べるとはいったい何なのか教えてもらいたい。こんな単純な質問をあなたは鼻で笑うだろう。笑われても仕方ない。食べることは食べることだ。そのことは誰もが知っている。人間も動物も生きるためには食べなければならない。それはそうだが、食べることはそれ以上の何かでもある。ひと言で言うなら、残酷な結合である。他の生物、元素、物質、エネルギー、宇宙全体との、もっとも神聖でもっとも根本的な絆だ。

この結合を自認しながら、空腹でないときも私はホテル・サピエンスの住人の後について食堂に向かう。修道女たちが出す料理は、生命の維持に必要な熱量を満たしてはいる。だが、私は嫌いだ。日替わりの献立が何であれ、どんな料理であれ、同じ味しかしないからだ。しかし、ここでも一緒に食事をとることを大切にしていた。たとえ食事が偽物でも、それは儀式だった。ホテル・サピエンスでは他の多くのことがまやかしだが、献立表もそうだ。サーモンらしきものが本当の魚の味がすると言ったり、ストロベリースープが本物のベリーの味がすると言ったりする人々もいるが、彼らは自分で自分を騙している。スーパーで買っていた頃の食材に比べて、今はすべてが人工的だ。肉も試験管内で生まれており、動物愛護者は評価することだろう。

妙に思ったのは、影も食事時間にはいつも食堂に来ていることだ。二次元の存在であるから食事に手をつけることはできない。見たところ、影も私と同じように食事中の会話に惹かれているようだった。もちろん影自身は会話に参加しないが、たわいのない話にも、再生された者たちの講義と同じようにじっと耳を澄ましていた。

ペイクの向かいには、常識婦人と呼ばれている老婦人がたいてい座っている。婦人は、あれもこれも理解することはできないと〝常識人として〟よく口を挟んでいる。まるで理解できないことが自己満足の特別な理由であるかのように。

昨日の食事では、芸術の役割が話題に上がった。多くの美術館に買い上げられ、高い評価を得ている芸術家が、芸術の役割は会話を喚起することだと主張した。彼はかつて病理学部から盗んだ体の一部で作品を作っていた。

そこで常識婦人が言った。

「いたって普通の常識人のわたくしとしましては、芸術の役割は鬱々とした日常にわずかな喜びと慰みをもたらすものだと思いますわ。会話を喚起することがもっとも重要なことであるなら、もっとも凶悪な犯罪人に感謝することになりますわね。だって、あの人たちはどんな芸術作品をもはるかにしのぐ活発な会話を引き起こすんですから。天気のこともそうですわ！　人はいつだって――最近はとくに――芸術作品よりもあきらかに熱心に天気について話していますわ」

驚いたことに、芸術家自身も興奮して、常識婦人の手を摑むと、正真正銘の常識人と知り合えて嬉しいと言った。

「あなたは私が人生において出会った人のなかでも初めてのタイプです。人は誰しも自分のことを例外だとみなしていますからね」

「そうなんですの？　わたくしが理解している限り、わたくしのような人間は、ガウスによれば異常な人間よりも数学的にも多く存在しているはずですわ」

しばらくしてコーヒーが出されると、上機嫌で話し好きの常識婦人が私にも話しかけてきた。

「わたくしがここで〝常識人〟と呼ばれていることはよく知っていますわ。そう言われてもわたくしは平気です。事実、そうなんですもの。実際のところ、ここホテル・サピエンスの暮らしはわたくしには快適なんですの。食事つきの宿泊がタダ同然なんですのよ。ここには話し相手がいて、掃除の必要はなく、食事もそれなりですわ。わたくしとしてはおいしいと思うときもたまにあります。講義はやっかいですけど、その時間はちょっと昼寝をしてやり過ごせるようになりました。ここでは、他の多くの場所に比べて物事がよりよく進んでいるはずです。現在においで他のどんな場所よりもよいとわたくしは思い切って断言いたします。わたくしの意見に共感しない人もいることは承知しています。ですけど、共感すればみなさんはもっと幸せになれますわ。わたくしは、どんな場所に行こうとも、快適だと思えるタイプの人間なんです。いつだって、ほぼどんな場所にいても、快適だとは到底言えなくても、わたくしには耐えられますわ。物事や人々をありのまま受け入れようと努めているからだとわたくしは思っているんですの。わたくしとしましては、これこそ賢明な生きる知恵だと思いますし、喜んで隣人と分かちあいますわ。物事はありのまま受け入れなくてはいけません。あなたもそのように思いませんか？　ご自身だって何かしらの科学者でいらっしゃるんですから、とにかくたくさんお考えになるでしょう」

常識婦人は私の隣に座っているヒッグス氏に言った。

「何かしらとは」

ヒッグス氏は苦笑した。

「物事がどうあるのか、ご婦人こそがご存じでしょうな」

「あら、わたくしが知らないわけがございません。ご覧の通り、わたくしには周りが見えていますもの。目で見る、これで十分ですわ。目で見ることほどよく見えるものはありません」

常識婦人は落ち着いて答えた。

「間違っていますぞ！　物事は調べれば調べるほど、目に見えていないものこそがあらゆるもののなかで大切だということがはっきりしてくるんです」

ヒッグス氏はきっぱりと言った。

眼科医も今日は苛立っているようで、思いやりにかけた料理と看護人たちのことで不満をもらしていた。

「あなたに看護人たちのことを非難する筋合いはございません。看護人たちのいない私たちはどこにいればいいんですの？　考えてもみてください。いることができるかしらとお尋ねしたいものですわ。どこに住んで、何を食べて、何を飲むんですの？　真実を申し上げるなら、看護人たちがわたくしたちを救ってくれたんですのよ」

「またその話なの」

　眼科医が溜め息をついた。

「とにかく、わたくしたちは彼らに感謝すべきだとわたくしは思いますわ。昨日だってランチにロブスターの尾をいただきましたのよ。考えてもみてください！　この世界のどこかで飢えに苦しんでいる人々がいます。洪水で農作物が被害を受けなくてもサハラのように畑は砂漠化し、海は――漁獲されつくしてしまいました。ところが、わたくしたちはここホテル・サピエンスでロブスターの尾に舌鼓を打っているんですのよ！」

「でたらめをおっしゃいますな！　あれがロブスターの尾じゃないことは、我々は皆、よくわかっていますよ。ロブスターなんてもんじゃない。ここで口に入れるものは、すべて同じ塊にすぎませんな」

ヒッグス氏は苛立たしげに言った。

「ロブスターの尾に見えるだけで、ご婦人の目をごまかしているだけですぞ」

「でしたらわたくしの舌もごまかしているんですわ。完璧に。それでまったくかまいませんわ。わたくしの皿の上のものがロブスターの尾に見えるなら、匂いや味もロブスターの尾のようであるなら、それがロブスターの尾でなくともちっともかまいません」

ヒッグス氏は大きな溜め息をついて、目をぱちくりとさせると、首を横に振った。食事の途中であったが、ヒッグス氏はガタガタッと音を立てて席を立った。

「あの方は教養はおありなのでしょうけれど、振る舞いには改善の余地があると、わたくしは申し上げざるをえません」

常識婦人は私に耳打ちした。

ヒッグス氏が座っていた椅子を戻したとき、常識婦人はさらに訊いた。

「とてもお急ぎでいらっしゃるようですけど、私たちに教えていただけますかしら？　ヒッグス粒子を使っていったい何をつくるんです？」

「何をですと？　それは間違った質問ですな。つくるのは我々ではなく、ヒッグス粒子自身なんですから。ヒッグス粒子なくして我々は存在していないでしょうし、星は今と違ったふうに瞬いているでしょうな」

第十五章　霧のかかった道

すでに話した通り、ここ数ヶ月、ホテル・サピエンスの空には乳白色の濃霧がかかっている。私たちはドームのような人工的な気候に守られていると主張する住人もいるが、濃霧はここに停滞し続けている自然な気象現象だと私は思っている。もし噂が本当だとしても、長くは続かない。なぜなら、永遠にこんな気候にし続けることはとうてい無理だからだ。そうなると看護人たちはいずれ住人を他の場所へ移すだろう。ペーヴェリ山の地下の洞窟だと言う人もいれば、別の惑星だと言う人もいる……。いずれも倦怠と無知からくるつまらないたわごとだ。

この霧のカーテンに何の前触れもなく穴が空くことがある。空いている時間は短く、穴はすぐに塞がるが、穴のなかに、ないはずのものが見えるのだ。顔や建物や花や動物の色とりどりの映像が瞬間的に現れて、それらの現象や生物のなかには私の過去と関わっているものや、まるで未知の町を撮った映画の一場面のようなものもある。

　これらの現象が見えるとき、すべては霧のせいだと言い聞かせながらも、自分の心が病んでいるのではないかと心配になる。若い頃は、こんなふうに雲を見ながらさまざまな形を想像していた。ホテル・サピエンスの上空に停滞している霧のなかには、未知の化学物質が隠れていて、それが幻覚を促しているのだろう。さもなければ、私もほんの少量ずつ服用しはじめた花屋の薬が原因とも考えられる。

　昨日、公園で体を伸ばしていたら、ヒッグス氏にばったり会った。ヒッグス氏も同じような経験をしたことがあるか私が尋ねると、彼は面食らっていた。

「今から私が話すことは他言しないでいただきたい。一度、まさにこの公園で不可解な体験をしましてね。その日は霧が出ていました。霧は波打つように流れて濃くなったり薄くなったりしました。そのなかに一瞬、トンネルがいくつか現れるときがあって、なかを覗くと遠くが見えたんですよ。その一つに若い女性が見えたような気がしたんです。女性には見覚えがあって、驚いたことに数年前に別れたまま今はどうしているのかさっぱりわからない妻にそっくりでしてね。たしかにそっくりでしたが、妻であるはずがないんです。もし生きていても、彼女はもう若くない。女性はあそこの塀の脇のベンチに潑溂とした様子で座っていましたよ。しかもムラノにハネムーンに行ったときと同じか、少なくともそれに似た服を着ていた。明るめの色のジャケット、縞模様の長い絹のストールを羽織っていましてね、まるで私のことがわかっているようにじっと私を見つめていた。その唇が動いたように見えて私は近づいたんだが、なだれ込む濃霧が彼女を隠して一瞬見えなくなってしまった。私がベンチに着いたときには、ベンチは空っぽだったというわけです」

最後にヒッグス氏はなにやらもぞもぞつぶやいた。

「おそらくそれは人の記憶を保存する霧なんだな……かといってそれが何を意味するのかわかるわけではないが」

まさにそうだった。合理的な人間ほど、ホテル・サピエンスで風変わりな考えを思いつく。

ヒッグス氏の話に出てきたベンチは半ば崩れた石塀の隣にある。その向こうから断絶された高速道路と休耕中の麦畑がぼんやりと見えた。夏が過ぎ、畑は立ち枯れた草だらけで、熟れた穂先は一本もない。

いつも鍵がかかっている鉄の門からホテル・サピエンスの表玄関へは菩提樹の並木道が通っている。私は並木道でよく立ち止まり、菩提樹の樹皮に指を押し当てる。すると、樹皮の下の、皮膚のように白い内樹皮のなかを流れる生命が指先に伝わってくる。内樹皮は、暗い地下の根から明るい外の枝へ液体や養分や情報を絶え間なく運ぶ。春はより活発に、秋はより緩慢に。樹液の静かな循環は心臓の鼓動のようだと私は指先を通して感じていた。

公園へは好きな時間に行っている。修道女たちは並木道をレーキで掃くくらいで、特に何かをしているわけではない。花壇はないが、常緑のツルニチニチソウの光沢のある楕円形の葉が地面を覆っていた。ホテル・サピエンスの住人は塀の外側に行くことはなく、ここから去ろうとした人すらいない。塀を越えるのはたやすく、鉄の門の鍵も錆びついていて思いきり引っ張れば取れるにもかかわらず、そうする人はいなかった。

私はよく塀のところまで行って、霧に隠れて遠くまで見渡せない景色にしばらく目をやり、そのまま同じ道を戻ってくる。たとえ境界を越えられようとも――境界というものがあるならば――、私は越えようとは思わない。それほどに真実は単純だ。おそらくここにいる他の誰もがそうしようとは思っていないだろう。外に出たとしてもヒッチハイクはかなわないし、徒歩ではホテル・サピエンスから遠くまでいけないだろう。道には一台の車も走っていない。道は未完成のまま放置され、数百メートル先は荒れ地になっている。アスファルトには亀裂が入り、裂け目から秋のキノコや草の先端が押し上げるように顔を出していた。

「この道はすばらしいわ。これよりよい道を私は見たことがないわ」

誰かの声がして、ヒッグス氏の妻がいたというベンチを振り返ると、少年があぐらを組んで座っているのに気がついた。いや、少年ではなく、髪を短く刈り込んだ少女で、囚人かジャンヌ・ダルクを思わせた。初めて見る顔だ。最近、新しく入居してきた人もいないだけに私はいささか驚いた。

「どうしてすばらしいと思うんですか？　道はどこにも繋がっていないのに」

「それよ。道がどこにも繋がっていないからいいのよ」

「しかし道の利点は、つまり道という概念は、一つの場所からもう一つの場所へ道を通って行くことができるということでしょう」

「そうよ。でも、それはよい考えではないわ。人々は、道は自然で必然のものだと信じこませられているのよ。道はそうではないわ。悪の始まりであり根源よ。道がなければ、人々はこの惑星をこれほど早く崩壊させてしまうことはなかったでしょうね。まさに道のせいで、ホモ・サピエンスはこれほどの壊滅を引き起こしたのよ。道がどこへ繋がっているかって？　町よ、いつだって町だわ。町はずいぶん前に見捨てるべきだったのよ」

「しかし、そうなったのではないですか？」

「遅すぎたわ」

彼女の清らかな額と赤らんだ健康そうな頬を見て、まだ遅すぎることはないかもしれない、これまでとは違う道が見つかるかもしれないと一瞬感じた。後戻りできるだろうか？　別の道を見つけることができるだろうか？

彼女を見つめながら哀れな気持ちになった。ここに彼女は行き着いた。ホテル・サピエンスの霧のなかへ、未来のない住人がいるところへ。彼女はあまりにも落ち着いていた。その聡明な額の下で、行き来し、行為し、影響を及ぼしたいと切に願い続けて苦しんでいるに違いない。だが、どうやって？

ここでは、希望も行為もなくただ存在するしかないのだ。

第十六章　人間の営み

ホテル・サピエンスの西棟には、犯罪者が数人収容されている。彼らは四人だが、ここに住んでいる他の住人も似たようなものだ。常識婦人は、彼らを恐れる理由などないと繰り返し言っている。実際のところ、看護人たちがどんな犯罪も未然に防いでくれるからだ。棟に住んでいる多くがチンピラやポン引きや麻薬販売人だが、その中に悪質な経済犯罪を犯した老いた弁護士が一人いる。弁護士の会社「全幅の信頼」はタックスヘイヴンにあり、そこに客から横領した金を投資していた。しかし弁護士の税の楽園しかり、すべての楽園は失われ、この施設には盗まれるようなものも、あるいは横領されるようなものもない。そこで取り引きされていた麻薬は、この棟以外でも出回っている花屋のハーブと同じだった。

ホテル・サピエンスで唯一の女性殺人者のことは住人全員が知っている。主婦だった彼女は、夫をナイフで刺し、切り刻んだ。しまいには焼いて、一番柔らかい部分を食べたのだった。ここホテル・サピエンスでは、彼女はテーマに沿ってシールを分類している。妖精、天使、求愛しているハトのつがい、真珠で飾られた花籠が、トイレットペーパーの芯で作られた紙箱にそれぞれ仕分けられていた。

「まさに犯罪者こそが」

ペイクがこう切り出した。

「看護人たちにとって一番重要な研究対象ですね。事実、犯罪者たちは自分の自由を最大限に使いながら、自分たちが自由であるとすらわかっていません」

「君にとって悪とは何だい？」

私はペイクに尋ねた。

「苦しみ、混沌、無秩序への故意の試み」

「カオスと無秩序とは」

ヒッグス氏が教えさとすように口を挟んだ。

「必然的な自然の営みだ」

「人間の営みは混沌や無秩序をもたらすことじゃありません」

ペイクが言うと、ヒッグス氏がつぶやくように言った。

「人間の営みが何かって、誰が知っているというのかね」

「良心が知っていますよ」

花屋が言った。

チンピラの一人のコンピュータおたくは、話をでっちあげて人を騙し、それで生計を立てていた。彼は釣り師と呼ばれ、ネットが彼の捕獲手段だった。今は捕獲することはない。ネットに繋がらないうえ、ここでは詐欺を働いてまで生活の心配をする必要がないからだ。

それでも釣り師は——ここでは鉛筆でメモ帳に書くことになるが——同情を誘うような手の込んだ話を作り続けている。話ができあがると、彼は得意げに私によく手渡した。私は信頼されている証拠としてそれらを受け取ってきた。

話の中の釣り師は、メリッサ・ルイス婦人だったり、飛行機事故で先立った夫から莫大な遺産を受け継いだ子どものいないチェン未亡人だったり、ロンドンの銀行家で投資顧問のコール・ムーアだったりした。ムーアは今、不治の病を患っており、死ぬ前に孤児院を設立し、自分の財産の半分を手紙の受取人に渡す代わりに、わずかな見返りを望んでいた。

手紙の最後はこう締めくくられていた。

「夫は、私が三つ子を生む前に死にました。私にはすでに子どもが五人いたので、生まれたばかりの子どもたちの健康を守るために三人を養子に出さざるをえませんでした。役所の手続きのために、あなたにわずかな登録料を支払ってもらうことになるでしょう」

住人たちとの世間話では、釣り師は肩をすくめるか眉を上げながら、「だからどうした」とか「誰が気にするのか」と言うだけなのに、よくもこんな作り話が書けたものだ。

昨日、お昼を食べにやって来た常識婦人の顔色は冴えなかった。いつもの上機嫌な婦人とはまるで違う。何か残念なことが起こったのかもしれない。そう思って私が尋ねると、常識婦人はこう答えた。

「残念ながら、ここホテル・サピエンスにはヒョウヒダニがいますわ。朝はくしゃみが止まりませんでしたもの」

「だからどうした」

釣り師はここでも口を挟んだ。

話題がヒョウヒダニであれ、ヒッグス氏であれ、自然災害、飢餓、あるいは爆発の可能性についての最新の噂であれ、釣り師の反応は「だからどうした」か「誰が気にするのか」のいずれかだ。この二つのセリフに疑問符は必要ない。なぜなら、気にする人がいると彼は思っていないからだ。

このどうでもいいといった揺るがない確信はどこから来ているのか、私にはわからない。ホテル・サピエンスの雰囲気に彼は蝕まれたのか、それともどうでもいいような仲間と付き合ってきたからなのか。

看護人たちは、ホテル・サピエンスの住人たちの行動をくまなく調べているように、釣り師の話を徹底的に調べている。人間性についてもっと理解するためだ。そこから看護人たちはいったい何を得るというのだろう。いずれにせよ、人間にしかつけない嘘というものが、とりわけ看護人たちの興味をそそる現象なのだろう。

釣り師の親友は同い年の若者だ。彼は自らをアナーキストと呼び、バクーニンの言葉を掲げている。少なくとも「破壊への情熱は創造への情熱だ」くらいは引用している。そんなわけで私は彼を小さなバクーニンと呼んでいた。

あるとき、小さなバクーニンはこう言った。

「階級意識のある犯罪では、電話セールスやその他のくだらない仕事に比べて、品のようなものがある」

彼は自分で書いたマニフェストを住人たちに配っていた。マニフェストは、「ブタどもの頭をかき回すだけかき回せ！」という言葉で始まり、同じ言葉で終わっていた。十七ページある中身は、私は読む気になれなかった。

ここホテル・サピエンスで、小さなバクーニンは住人たちを積極的な反抗運動へ駆り立てようともしている。彼は修道女たちを殺したがっているが、叶うことはないだろう。生きていないか、生きたこともないものをどうやって殺すことができるというのか？

施設内で爆弾や放火の噂が立つと、小さなバクーニンはいつも意気込んで、その場でぴょんぴょん跳びはじめ、カウンターテナーを思わせるような異様に甲高い声で、「いいぞ！　いいぞ！」と叫ぶ。

小さなバクーニンは、以前住んでいたクンミンオヤという町でゴミ箱に放火したという。小さなバクーニンから同じ話を三度聞かされたとき、彼が私に感想を求めているように感じて、クンミンオヤでゴミ箱を燃やした理由を私は尋ねた。

「アナーキストの囚人たちへの支持を表明するためさ」

「でも、囚人たちを支持するためにクンミンオヤでゴミ箱が燃やされたということを、彼らはどうやって知るんですか？」

「言葉は伝わっていくもんさ。ゴミ箱の放火がある合図となってね。ここでいちいちどれがどの合図かは言わないけどさ。国家に死を！」

「もう死んでいませんか？　国家はとうの昔に死にましたよ。だから私たちはここにいるんです」

私は小さなバクーニンに言った。

第十七章　予言

老女と呼ばれているロマがいる。遠くからでも、身につけているネックレスやブレスレットやイヤリングがぶつかりあう音で、近づいてきているのがわかる。その高鳴る音は銀色のオーラとなってロマを取り巻いていた。住人たちは食事の席についていて、修道女たちがデザートにベリーのスープのようなものを出してきたとき、常識婦人がロマに占いができるかどうか訊いた。常識婦人の口ぶりにはすこし刺があるように私は感じた。

「あなたがたのような人たちは、みなさん占いがおできになるんでしたわね」

常識婦人が強い調子で言った。

「みんなじゃない。できると思っている人ばかりさ。あたしゃできるけどね。でも占えるのは一つだけ」

ロマは人差し指をピンと立てた。その指には金の指輪がはめてある。親指を除いて、すべての指に同じ金の指輪がはめてあった。老いてもなお豊かな白髪は三つ編みにして頭の上で結わえてある。黒い瞳は少女のように輝きを放っていた。襟元の白いレースはロマが首を振るたびにかすかに音を立て、ビロードのスカートは椅子に座ったまま身じろぎするたびに擦れ合う音を立てた。

「それで、その一つとは？」

住人の誰かが訊いた。

「死ぬ日だよ。あたしゃ尋ねた人の死ぬ日を教えるのさ」

「どんな人であってもいいんですか？」

「尋ねた人なら誰でも」

「どうやったらわかるんです？」

「そんなことあたしゃ知らないよ。知ってるとしか言いようがないね」

食事をとっている住人たちはうさんくさそうに笑ったり、眉を上げたりした。

「私の死ぬ日もわかりますか？」

花屋が尋ねた。

「しかし、ここにいる私たちは今日がいつなのかすらわからないのに、聞いてもあまり役に立ちませんね」

「もちろんわかるさ。でも、ほんとに知りたいのか、自分でよく考えるんだね」

「よく考えました」

花屋がきっぱりと言った。

「死ぬ年と月と日にちも知りたいかい？　すべてを教えてもいいし、一つだけでもいいんだよ」

「全部教えてくださいよ！」

「年も？」

「年も」

「わかった。八月五日だよ。今年のね」

ロマは力強く頷いた。ふたたび装飾品や衣擦れの音が響いたが、辺りはしんと静まり返っていた。花屋の顔は青ざめているように見えた。誰もベリーのスープに手をつけず、スプーンも宙に浮いて、皆の目は花屋に釘づけだった。

「いったいどこからつかんできた日にちなんですか？」

花屋の質問に、老女は強く言い放った。

「さっきも言ったように、どこからとか、どうやってなんて、あたしゃ知らないよ。日にちが現れるから、あたしゃそれを言うだけさ」

「今年の八月五日」

眼科医はそう言うと、何か考えている様子でじっと前を見つめていた。今回は、釣り師から「だからどうした」という言葉はなく、本気で話に興味がある様子だった。

「おばさん、オレにも教えろよ！」

釣り師が声を荒らげると、常識婦人がこう言った。

「どなってはいけません！　ですけど、わたくしにも日にちを教えてくださってかまいませんん」

「私にも」

眼科医が慌てて言った。

「あんたがた、ほんとにいいのかい？」

ロマが訊いた。

「私には話す必要はない。話さないでくれ！」

狂人が言った。

「さあ、オレには言ってくれよ」

老女は、急かす釣り師をまじまじと見つめた。釣り師はごくんと音を立てて唾を呑んだ後、唇を舐めた。

「八月五日だよ」

ようやく老女が言うと、釣り師は心底驚いてこう言った。

「何だって！　そりゃ、あの土くせえやつと同じじゃねえか！」

釣り師は、もの思いに耽っている花屋を指差した。

「そうさ」

「オレたちは一度に死ぬってのか？　何のために？　どこで？　この穴ん中でか？」

「そういったことについては、あたしゃ知らないよ」

ロマが首を横に振ると、装飾品が音を立てた。

「そう言っただろ。経緯や理由や場所については、あたしゃ知らない。いつなのかってこと以外は何にも」

「それでは、わたくしはどうなんですの?」

常識婦人が語気を強めた。

「あんたも八月五日。あたしにゃわからんね!」

「まあ!」

「おばさん、ぼくの日も教えてよ」

サカリが訊いた。

「あたしゃ小さい子どもは占わないよ。小さい子どもは死なないからね」

「私のは話してもらえるでしょう。当ててみてもいいですか?　同じ日ですか?」

私が訊くと、ロマは頷いた。

「まさしく」

狂人は荒々しく音を立てながら席を立ち、口を拭って部屋を出て行った。

「気が小せえなあ」

釣り師は笑い飛ばそうとした。

「世界全体がそのとき死ぬってのか？　おまえさんはどうなんだ？　自分の死ぬ日はわかってるんだろ」

「まあ、そうさね。でも、教えないよ」

「オレたちと同じ日かどうかくらい教えろよ」

「いいかげんにしてほしいね」

ロマが席を立つと、身につけていた装身具がジャラジャラと音を立て、スカートがガサッと擦れ合った。

「騙したんだよ。怖がらせたいんだ」

静寂を破るように花屋が言った。

「自分で勝手に知っていると思っているのね」

眼科医が同調した。

「ロマが八月にオレたちを殺すんだとしたら？　そうすりゃ大当たりだぜ」

釣り師が声をあげた。

ようやく釣り師が自分の意見を言ったその日は、ベリーのスープの食べ残しが目立った。

第十八章　再生された者たち

ホテル・サピエンスには講師が多く訪れる。だが、どの講師もシミュレーターだ。つまり、彼らは実在の人物のコピーか、過去の人物の型に沿って作られた再生品ということだ。私は彼らのことを「再生された者たち」と呼んでいるが、単純に「幽霊」と言っている住人もいる。再生された者たちのなかには人類の先駆者とか模範とか天才だと見なされていた、もしくは今でも見なされている者もいる。たいてい彼らの寿命は短い。一、二時間ばかり話し続けると、やがてシャボン玉のように透明になって弾けて消えていく。パチンと弾ける小さな音がするときもあれば、しないときもある。

ここでは最近の講義から二つほど触れておく。デカルトと、もう一人の名前は失念したが、その当時は非常によく知られた髭面の神経病の医師で、学問を立ち上げた人物だ。ニコラ・テスラとアッシジのフランチェスコもこの施設を訪れている。四人のうち、最後の一人が私には一番感じが良かった。

看護人たちは、私たちに学ばせ、私たちを正し、私たちの成長と正しい行いを促すために、亡霊たちを再生したのだと、私たちは理解している。看護人たちは、選ばれた男性を通して（今のところすべて男性だ）人間を教化したいのだろうが、この昔の偉人たちが何を話しているのか彼ら自身はさっぱり理解できていない。残念なのは、大部分の再生化が中途半端に終わっているか、ろくでもない失敗作であるということだ。しかし、看護人たちですらまだ手に負えないものがあると思うと、おもしろい。模倣が完璧なら、原型と見分けがつかないだろう。ところが、看護人たちの模倣は言うなれば原型のカリカチュアであるときがある。例えば、ここ最近、公開講義を二度ほど行ったデカルトとかいう者を挙げてみよう。参加必須の講義だが、この男が話したことと言えばくだらないことばかりで、文字通り場違いな印象を受けた。ともあれ、どちらの講義も首を横に振りながら私は退席した。

スピノザでも、ショーペンハウアーでも、フーコーでもなく、この哲学者が再生と更新の対象に選ばれた理由がわからなくもない。もちろん、この三人もいずれは再生される可能性はあるが……。自然は数字を通して定義することができるというデカルトの概念は、コンピュータや人工知能の開発だけではなく、看護人たち自身の進化にも影響を与えてきた。

ところが、黄泉帰りのデカルトは変わってしまった！　新デカルトの話を聞いていてわかったのは、再生された者たちの振る舞いや彼らの徹底した変身ぶりを、看護人たちも前もって予測できなかったことだ。

デカルトは以前の高貴で好ましい顔立ちと、昔の教科書にあるようなおなじみの華やかな髪型をしているが、彼は戸惑いの表情を浮かべて、いつの時代にいるのかすら知らないように見えた。厳密には同じではないが、いずれにしてもこの男が解析幾何学を考案したとは思えないほど、彼には明晰な思考力が欠けていた。

その昔、デカルトはこう言った。感覚は観測者である私たちに諸々の現象の真の性質を見せることはない。私たちが観測したものはすべて誤った現実像なのだ。それでも確かなものがある。それは疑う自分の心だ、と。さらにデカルトは、人間理性はあらゆる地上の権威や伝統や信仰を超えるものだ、と書いている。

ところが、今の彼はまったく反対の考えだった。理性は人間を迷わせ、本能や直観が理性よりも信頼できる案内人だとデカルトは言う。

旧デカルトは、考えることが自分の存在を証明すると言っていた。今では「我夢みる、ゆえに我あり」と言っている。彼は講師として訪れていることも夢や幻覚だと疑っているように私には思えた。

旧デカルトは、好意的な神を必然的な結論だとみなしていた。五百年を経て墓から呼び起こされた――そう言えるのなら――デカルトは、まるで別の考えに至っていた。

「私は皆さんにお伝えしなければなりません」

新デカルトは言った。

「世界を統べる悪魔は万能でありますが、不実な悪人です。用心してください！　できるなら闘ってください。もしできないならば、恐れるならば、身を隠してください！」

この男の話を聞いていると身の毛がよだつ。

神経病の医師の講義では、年配の聴講者の多くが居眠りしていた。彼は昔と同じ話をし、昔から変わらない自分の理論の正しさを確信しているという点においては、彼の再生化はデカルトより成功している。彼は精力的な防衛機制、ヒステリーの病因、リビドーへの固着、意欲も判断能力もない無気力な集団について話した。

「実を言えば、私は自分の患者が好きではありませんでした。患者の病気が重ければ重いほど疎ましいと思っていました」

神経病の医師は打ち明けた。

住人たちは講堂の椅子に座ったまま身をよじっていたが、話を終わらせてくれたことへの安心感から拍手を送っていた。医師は質問を期待していたが、尋ねる人は誰もいなかった。それもそのはずで、医師の理論の多くは、とうの昔に歴史のゴミ箱に葬り去られていたからだ。そのことを本人は何も知らず、私たちは気まずい思いをした。

しんと静まり返るなか、医師はさらにこう言った。

「私はお情けの妥協は決して受け入れませんでした。ノーベル賞は逃しましたが、私を王立協会の通信会員に選んでくれたことのほうに多大なる敬意を払っています」

続けて短い拍手があった後、医師は庭に出て、悪臭と煙を放つずんぐりとした棒に火を点けた。このような娯楽は喫煙と呼ばれていたようだ。昔は毎日のように吸っている人がいたが、聞けばそれは命取りになったという。神経病の医師はもちろんすでに死んでいるのだから、どうでもいいことではあるが。

お話ししたように、これらの者たちは一時的に再生化されたものだ。ある者は講義が終わるまでかろうじて持ちこたえた後、ベールのようにかすんで、煙の影のように消えていく。火を点けてまもなく、医師は吸っている葉巻の（ペイクによると、こう呼ぶらしい）煙のようになり、やがて姿を消した。葉巻は砂の上でしばらくの間くゆっていたが、スコップを手にした一人の修道女に持ち去られた。

看護人たちが彼やその他の先人たちを私たちのもとへ呼び寄せるということは、彼らが私たちのことを何もわかっていない証拠だと、私には思えた。なぜ、私たちに先人たちの物資化された存在がいまだに必要だというのか。私たちはすでに、彼らの考えと彼らの言葉という最高で最強の彼らの一部を——最高であるものがつねによいとは限らないが——獲得しているというのに。

この再生された者たちを眺めていると不思議に思えてくる。私たちは生きている。少なくともそう信じている。では彼らはどうだろう？　彼らも生きていると信じているのだろうか？

中断されることなく生まれてから今日までずっと生きてきたと？

私は、これらの人物たちがホテル・サピエンスのカーマロカからやって来たと思っているかどうかペイクに訊いてみた。

「まさか。看護人たちはオカルト主義者でもないし、蘇らせることなんてできません。あの人たちに原型の魂はないんです。彼らは魂の抜けた鏡像で、正しく存在すらしていません」

「正しく？　どういう意味ですか？」

私の問いにペイクは笑うだけで何も言わなかった。誰が正しく生きていて、誰がそうでないのか。それはここでは解決しない問題だった。

第十九章　テスラの贈り物

最近、再生されたある人物は、肩に灰色のハトをとまらせて現れた。彼はハトを妻と呼び、ハトは彼の耳に優しく語りかけていた。ハトはホテル・サピエンスで唯一の動物で、じきにこの辺りにおいても唯一の鳥になるだろう。周りから挨拶されたり話しかけられたりすれば、彼は丁寧に受け答えするが、人にそれほど興味はないようだった。彼は長身で痩せており、幅広の額は扇状に上へ広がっていた。おそらくひどい潔癖性なのだろう。出席者と挨拶を交わした後、すぐに手を洗いに行っていたからだ。手を握ってすらないのにおかしなものだ。握手をしないという点では、再生された者全員に当てはまる。彼らは誰とも手を握らない。物質化された人間とのどんな触れ合いも、何らかの理由で彼らにとって不可能か、不適切か、そうでなければ破壊的なものなのだろう。それこそ彼らはある種のホログラムであって、肉でも血でもない。ある角度から見ると、彼らは何ら普通の人物と変わりなく見えるが、ある方向からだとぼやけてしまうか、紙人形のように平べったく見える。

ハトの所有者はホログラム人物の一人、ニコラ・テスラだ。私は彼の一回目の講義を聞いて興味が沸いた。予想に反して、電気やエネルギーの無線送電の話はしなかったが、別の知能について話したからだ。ここホテル・サピエンスでまさにホットな話題だ。

しかし、テスラは講義を始めるどころか、中断して苛立たしげにこう言った。

「あの時計の音が気になってたまりません。どなたか時計を止めていただくか、遠くに持っていっていただけませんか?」

「ここには時計はありません。時計自体がないんです」

住人の誰かが言った。

「いいえ、あるはずです。私には時計の音がはっきりと聞こえます。どなたか時計を止めていただけませんか?」

そうは言っても無理な話だった。ここには動いている時計はないのだ。彼の気に障っている小刻みに聞こえる小さな音は、看護人たちの呼吸音だろう。私も目が覚めるとよく気になっている音だ。

テスラは出だしから邪魔されて不服そうだったが、承知した様子で話しはじめた。

「生命についての我々の理解には限度があります。なぜなら水晶もある種の生命体だからです。知的生命体は、我々とは違った方法で出現する可能性があります。例えば月に知的生命体がいる可能性はないと我々は思っていますが、我々にとっては必要な栄養でも別の生物にとっては必要のないこともあります。そういった生命体が今まさにここにいないという確信は我々にはありません。なぜならば、別の生命体の構造や在り方というものが、我々には感知できないだけかもしれないからです」

「まさにその通り」

花屋が囁いた。

花屋がテスラの考えをすんなりと受け入れたことは、ちっとも不思議なことではない。事実、ここホテル・サピエンスの住人ならテスラの話がわかるはずだ。

話の終わりに、テスラは幼少時代のことに触れた。

「私は、山々に囲まれた谷間のスミリャンという小さな村で生まれました。私が子どもの頃、ある穏やかな冬の日に村の仲間の少年たちと近くの山に登りました。私たちは雪玉を作って山の急斜面から転がして遊んでいました。雪玉は決まった場所まで転がって止まりました。しかし、そのうちの一つだけ他と違う方へ転がりました。他の雪玉が止まって動かなくなった場所を越え、さらにもっと遠くへ転がっていきました。それと同時に雪玉はべた雪を集めてどんどん大きくなりました。やがてそれは家と同じくらい大きくなりました。巨大な雪玉は、大地を揺るがすような轟音を立て、谷をめがけて疾走しました。さて、この話から何が学べますか？」

テスラは聴衆に尋ねたが、誰も答えなかった。

「それは」

テスラは自ら答えを切りだした。

「皆さんはきっともうご存じでしょう。つまり取るに足らない原因は計り知れない結果を導くということです。ここである昔の出来事が思い返されます。一九〇八年のツングースカ大爆発です。あれは流星ではありませんでした。小惑星でもありませんでした」

「何について話しているんですか？」

私は花屋に尋ねた。

「さっぱりわからないよ」

「しっ！」

ヒッグス氏が制した。

「それはちょっとした実験でした。マイクロ秒の速さで、メガトンの威力がありました。私自身も驚きました。このような結果を私は期待してはいませんでした。あれは無線技術だったのです。銀色の雲、眩しい日没、数日間にわたって世界を悩ませた磁場や電気障害はすべて私の実験によるものです。さあ、これではっきりしたでしょう」

このツングースカ大爆発が私は気になって、実験についてもう少し詳しく尋ねたかった。だが、講義の後、彼の姿はホテル・サピエンスのどこにもなかった。

「テスラはもう消えたのかい？」

私は苛立たしげにペイクに訊いた。

「いや、サカリと公園にいますよ」

たしかに二人は石のベンチに座っておしゃべりしていた。テスラがサカリに何かを差しだしている。私は急いで二人のもとへ向かったが、テスラの姿はかすみだし、ヒッグス氏の妻に似た女性が座っていたという同じベンチから姿を消した。テスラの肩に止まって、テスラが妻と呼んでいたハトは、消えることなくそのまま羽ばたくと、針のない時計の上に降り立った。

「テスラは何をくれたんだい?」

　私はサカリに訊いた。

「これだよ」

　サカリは小さな木箱を見せた。

「ラジオだって言ってた」

「すばらしいじゃないか!　これでたまにはニュースや天気予報なんかを聞くことができるかもしれない。とは言っても、報道局や気象庁がまだ存在しているかどうかはわからないが」

「これはそういうラジオじゃないよ」

「じゃあ一体どんなラジオなんだい?」

「夜になったら、時間を聴くことができるんだって。ぼくだけにくれたんだよ」

　サカリはそれ以上私に新しい機器を見せてくれなかったので、それが本当にラジオかどうかは確かめられなかった。その日の夜遅く、サカリの部屋の前を通り過ぎたとき、子守歌のような歌が聞こえてきた。私は立ち止まって、驚いて聞き耳を立てた。ホテル・サピエンスでは、たまに聞こえるペイクの鼻歌を除いて、音楽は聞こえないからだ。音源は、サカリがもらったテスラのラジオだろう。言葉もついに聞き取れた。

「おやすみ、さあおやすみ。わたしが眠らせてあげましょう」

歌が終わると、サカリのせがむ声が聞こえた。

「もっと歌ってよ、お母さん」

女性の声が優しく答えた。

「これで終わり。もう遅いわ。さあ、寝る時間ですよ。わたしのぼうや、おやすみなさい」

「おやすみなさい、お母さん」

これがホテル・サピエンスで唯一の子どもへのテスラの贈り物だった。

フランチェスコだけがここに長く留まっている。彼は講義をしたことはない。そもそも話もしない。ただ微笑んで頷いているだけだ。庭を散歩することが好きで、アリの巣の前でじっと佇んでいるか、窓枠をとことこ歩くテスラのハトを眺めているかだ。犯罪者棟や病室を訪ねる姿も目にしたことがある。

「彼はきっとここが気に入っているんでしょう。ここにいる人はみんな貧しいから」

ペイクが言った。

たしかに間違いではない。ここにいる私たちはお金も時間すらも持っていない。フランチェスコはホテル・サピエンスを気に入った初めての人だろう。彼がどこに行こうとも、静寂と祈りの空間がそこにはあった。フランチェスコは、頭を傾けて、アッシジの太陽の温もりのような微笑みを浮かべながら、周囲を長いことじっくりと見つめている。彼を見ていると、私はとても温かい気持ちになる。どうか彼はすぐには、いや絶対に消えないでいてほしい。どうかホテル・サピエンスにずっとこのまま残ってほしい。ホテル・サピエンスに私が住んでいるのはここを自分の家に選んだからだ、と一瞬でも思ってしまうほど、彼の優しさはこの場所を別のものにしてしまうのだ。

第二十章　花屋

おしゃべりや討論に加えて、住人はそれぞれ自分なりに時間を過ごしている。ゲームをしたり、本を読んだり、手紙を書いたりする人もいれば、だらだらしたり眠ったりする人もいる。しかし、ほとんどの住人が花屋の薬を使っていた。

花屋は、大学の教育を受けていないが、植物学者でありナチュラリストでもある。彼は昔、自然哲学協会に入っていたという。協会員には、生物学者や植物学者の他に植物学の真剣な愛好家がいた。

「協会では、皆、熱心に勉強して、研究していたよ。世界のトップクラスの専門家と連絡を取り合って、気づいたことや体験したことを進んで分かちあっていた。私が入っていたのはほんの数年だったけれど、一般的には知られていないことまでいろいろと学べたね」

花屋が言った。

ある日の食事中では、こんなことを言っていた。

「緑の葉と人間の脳には共通点がたくさんある」

「それは何ですか？」

私は訊いた。

「複雑さ、かな。緑の葉と人間の脳よりも宇宙の構造を明らかにするほうが簡単だと思う」

「まさか！」

ヒッグス氏が声を荒らげた。

「どうぞお静かに。あなたは統計の世界にだけいてくださいよ。葉は脳と同じで、知ったり、学んだり、記憶したり、選んだりしている。葉は情報を受け取って、それを利用するために処理をする。風、雨、接触、気温、土の成分、光の量、水不足、そして害虫の攻撃……といった環境の変化に反応している。植物は受動的な生物というだけじゃない。絶えず動いている。植物が話さないと思っているのであれば、それは間違いだね」

「まさか！」

ヒッグス氏がふたたび声をあげた。

「いいかげんにしてください。植物には自分の、あるいは自分たちの言語があるんです。お互いの情報を交換したり、例えば害虫について警告しあったりしている。何らかの刺激に反応するまで時間がかかるときがあるのは、それを有機体内に保存しているからです。これこそ植物が記憶しているということですよ。記憶する者は習得もする。植物は自分の限界を知っていて自他の区別もできるし、これから起こる出来事を人間よりも優れて知っている。植物はエネルギーの消費を状況に応じて最適化するんです。要するに、人間とは違う仕方で植物は知能を持っているってことですね。植物には人間にはない能力があります。天候を調節できる植物がいるなんて、ご存じないでしょう？」

「まさか、そんな植物が？」

私は花屋が喜ぶだろうと思って訊いた。

「藻ですよ。藻は曇りをもたらすことができましてね。曇っている日を植物が愛しているのは、太陽で干涸びることがないからです。潮が海岸から引いても、曇っていれば、潮が満ちてくるまで藻は潤った状態でいられる。乾燥と日照りは藻にとってストレスで、ストレスが溜まると藻はヨウ素を作る。なぜだかわかりますか？　ヨウ素が上昇して、雲の生成を促すんですよ。ヨウ素はオゾン層のように汚染も中和します。これを知能と言わずして何と言うのでしょう！」

花屋は角部屋に住んでいた。背の高い木々の影になってはいるが、部屋の二つの窓は南と西に向いているため、窓際にプランターを置いて植物を育てることができる。部屋にはさまざまな匂いが漂っていた。心地のよいものもあれば、目眩を起こしそうなものもあった。公園の日当りのいい場所に、花屋はパーマカルチャーという方法で、ハーブのスパイラルガーデンを作っている。スパイラルガーデンを建てるために、花屋は適当な大きさの石塊を集め、毎日のように庭の土や砂利を掘り起こした。スパイラルガーデンの北側にはラベージ、南の斜面にはタイム、ローズマリー、ラベンダーが植えられ、収穫したハーブを花屋は修道女たちの人工的な食事の調味に使っていた。

「こういった種はどこで手に入れたんだい？」

私が訊くと、花屋はこう答えた。

「私はどこに行くにも小さなシードバンクをつねに持ち歩いているんですよ。万が一に備えてね」

何はさておき花屋は商売人だ。ここホテル・サピエンスでも花屋はちょっとした商売をやっている。花屋の庭の植物はすべて薬として使えるものだ。精神を安定させたり、眠くさせたり、元気にさせたり、多幸感や幻覚すらもたらすものもある。幻覚性サルビア、アサガオ、チョウセンアサガオも花屋は扱っている。花屋は、ホテル・サピエンスの住人にこういった植物の種や乾燥させた葉を売っているが、売れ行きはいい。というのも、ホテル・サピエンスでは酒が手に入らないからだ。花屋を薬剤師と呼ぶ住人もいて、ほとんどの人が花屋の薬をたまに使っていた。

花屋が育てたものを売っていると言ったが、いわゆるなじみの意味における売買のことではない。これまでに話してきたように、私たちには現金もなければ電子マネーもない。クレジットカードや口座や株は価値がなく、ダウやニッケイにもはや何の意味もない。

金《かね》に何が起こったのか？　通貨偽造者があまりに増えたせいで、金は意味をなさなくなったのだ。中身のない先渡し、オプション、先物といった金融派生商品で取り引きしながら作られた架空の金は、配分、空売り、引き上げ、利子を操作しながら増えていった。影の銀行の貸借対照表は膨らみ、資本流出が溢れ、無尽蔵の流動資産の魔法の財布が銀行家たちの間で配られた。合法化された窃盗手段がますます複雑になり、途方もない莫大な金が世の中に現れた。仕事とも価値とも商品とも福祉とも金は何ら関わりを持たなくなってしまった。架空の通貨は何をもたらしたのか？　貧困、憎しみ、飢えに苦しむ人々、そして戦争を増やし続けたのだ。

しかしながら、今やゲームは終わった。本当に終わったのだ。私たちが看護人たちに感謝すべきことがあるとしたら、まさにこのことだとペイクは言う。もちろんホテル・サピエンスにいる全員がペイクに同調しているわけではない。犯罪者棟に住んでいる、「全幅の信頼」という会社を持つ弁護士は、ひどい鬱病に悩まされている。ホテル・サピエンスではスワップも空売りもできないからだ。

花屋の薬の支払い方法は人によってさまざまだ。セックスという個人的な奉仕でも支払われているが、そのことについては皆、口をつぐんでいる。

「人間は酔っていなければならない、とボードレールは言っていた。『「時間」の奴隷として虐げられたくなかったら、酔いたまえ、絶えず酔いたまえ』*」

花屋がボードレールの詩を口ずさんだ。

「まさに今、ここホテル・サピエンスではますます必要不可欠だよ。さあ、飲んでくださいよ。酔っていなければ狂ってしまう」

＊シャルル・ボードレール「酔いたまえ」『フランス名詩選』安藤元雄訳より

第二十一章　狂人

私の知る限り、ホテル・サピエンスの狂人と言われている唯一の住人は花屋の薬を使っていない。彼は一一一号室に住んでいる。狂人と呼ばれるようになったのは、入居当初、彼は一切口をきかず、口角に唾を溜め、瞳孔をかっと開き、何かとてつもなく恐ろしいものでも見ているかのようにひたすら前方を見つめていたからだった。聞くところによると、彼は昔、セラピストをしていたという。

「あなたは私の部屋番号を覚えていますか？」

ある時、彼が尋ねた。

そもそも彼が私と話を始めようとしたことに私は驚いた。彼がこれまでに話しているのを私は一度も聞いたことがないし、誰かが彼と話しているのも見たことがなかったからだ。

「ええ、覚えていないわけはないですよ。自分の部屋を出たら、毎日、目にするんですから」

「それで、どう思いますか？」

「考えたことなんてありませんよ。考えるべきですか？　私にとって数字にしかすぎないんですから。もちろんあなたの部屋番号は覚えやすい数字ですよね」

「数字にしかすぎない！　ああ、あなたは間違っているとわかっていただければ！　数字に注目してください。すべての数字が同価値だとは思わないでください。一は、あらゆるものの中の一番目です！　それが三つある。なんて運命的なんだ！　私にこの部屋が当たったのも偶然ではありません。それはメッセージなんです。あなたはおわかりになるでしょう？」

「何のメッセージです？」

　残念なことに、私の質問に彼は答えなかった。

　彼にはおかしな癖がいくつかあった。目を両手で覆って、しばらくして手を下ろすと、何をするともなく眉間に皺を寄せて手を見つめながら何時間もそこに座っている。手の中に解読しようとしている困難な問題が現れているかのように。手にどんな問題が起きたのか私は尋ねたことがある。今までと違って見えると彼は言った。

「どんなふうに違うんですか？」

「取り替えられた可能性があります」

「誰が取り替えるんです？　それになぜ？」

「わかりません。おそらく看護人たちでしょう。問題は他にもあります」

「他にも？」

「すべてにあります」

「何がですか？」

「ごまかしですよ。物事は偽造されているんです。以前は本物で原物であったものが取り替えられています。そのことにみんなは気づいていませんが、私の目はごまかせません。自分の手に起こったことを理解していれば、他のすべての人にも起こっていると想像がつきます」

「たしかに物事はがらりと変わりました。私たちはその激動を実際に経験したんですから。しかし、絶えず何かが変わっていることは、まったく自然なことです。時間の中に私たちは生きていて、永遠の中ではない。時間というのはまさに何かが変わっていくことです。もし何も変わらないのであれば、時間は止まるでしょう」

「こんなに速いわけはありません。あなたはわかっていらっしゃらない」

彼は投げやりに言った。

「それから自然ということですが……。自然というのは、頭では理解できない、不可解なものだということです。あなたもご存じの通り、自然はつねに理性を超えたところにあるんです」

重たい溜め息をつきながら、彼はふたたび両手を目に当てた。

「頭痛ですか？　よく両手を目に当てていますよね？」

「見ないためです。何をいつ見るのか、厳密に選ばなくてはなりません。あの木でも、ドアでも、窓でも、何でもいいのですが、何かを見るときは、見られていることになります」

「よく理解できませんが」

「理解できない？　まさか。見ると、つねに見えてきます。見えることに目は要りません。ご存じでしたか？　透明人間になりたいなら、見ることは危険かもしれません」

「透明人間になりたいのですか？」

「とんでもない。私がなぜこんな私でいるのかご存じですか？」

「いいえ。教えてください」

「何かが私の中に入ってきたからです」

「それは何ですか？」

「現実です」

精神異常者の説明としては変わっていると私は思った。たまに狂人はバルコニーにのぼって、ののしり、四方八方に拳を振り回している。

「さあ、出てきたまえ！　出てくる勇気もないのか！　おまえらの姿を見たいっていうんだ、この野郎。出てこなければ、おまえらの存在すら信じないぞ」

「おまえら」というのはもちろん、時計と呼ばれている看護人たちのことだ。

第二十二章　樹木園を訪ねて

花屋に自然哲学協会に入会した経緯を尋ねたことがあった。

「協会の第一回会議に参加した話をしましょうか。長い話になりますが、聞きますか？」

「ちょっとした気晴らしをいただけて嬉しい限りです」

私がそう言うと、花屋はすぐに昔を振り返りはじめた。

「何十年もの間、ツツジが咲く春に、私は幼なじみと樹木園に通っていました。彼女が亡くなってからは、何年も行く気になれませんでした。今まで友人と分かちあってきた初夏の輝きを、一人では受け止めきれないと感じたからです。もう一度訪れようと決心したのは数年前。ツツジやアザレアが咲きはじめる六月でした。

その日は、穏やかに晴れ、雲がほとんど見当たらない最初の夏らしい日曜日でした。私が乗ったバスは、樹木園の門あたりが終点でした。あまり上手くいかなかった腰の手術をして以来、私は杖を使うようになり、前回来たときよりもずいぶんゆっくりと園内を回りました。こういう年寄り向きの杖は私には合っていて、今でも使っています。ご覧の通り、杖には、ごつごつした鳥のくちばしの形をした見事な柄がついていて、その形もつるんとした手触りも私の手のひらにしっくりなじみました。私はこの杖を突きながら老人を演じました。演技が上手だったのか、私にたまたま目を留めた通行人は皆、年寄りがよたよた歩いていると思ってよそよそしく道を空けました。子どもの頃、私はこれと似た思いをしたことがあります。「ぼくを子どもだと思いこんでいるなんて、おかしな話。どうでもいいや、どうぞご勝手に！」と。

アザレアはすでに咲いていました。なんと恥ずかしげもなく自信たっぷりに咲くのだろう！アザレアの色がこんなにも激しく深かったこと、たった一枚の花びらがレモン色と赤味を帯びた光を放ちうることを、私は忘れていました。巨大な花冠は、縞、水玉、斑点模様の花びらで虫たちを誘いこみ、雄しべは触角のように小刻みに動く。花は、盲目的なほどに夏を信じていました。

ツツジの花はようやく咲きはじめたばかりで、見頃はまだ一週間先でした。私はそれでも残念に思いませんでした。まるで成長する力に押されて、今にも産着がはちきれそうにぷっくりと膨らんだ鱗のような蕾も印象的だったからです。蕾の周りや木々の枝に目覚めたばかりの虫たちが群がり、群れから高音の賛美歌がかすかに聞こえてきました。群れの一匹が近寄って音が大きくなるまで、私はてっきり自分の耳鳴りだと思っていましたが、嬉しいことに偶然にも聞くことができました。でも今ではもう叶いません。

カフェのテラス席、公園の中央通路、それから古い針葉樹に覆われた小道から、笑い声や泣き声、命令や呼び声、叱る声やおしゃべりが聞こえてきました。子連れの家族が公園にいたようでしたが、足音は聞き取れませんでした。木陰の縞模様を映し出した地面は、走る音やよたよた歩く音や杖をつく音を柔らかく吸収していました。

樹木園にある木のほとんどが何十年も前に植えられていて、そのうちの多くは目が眩むほど背が高く、世界でもここにしかない種類の珍しい大木ばかりでした。木の根元にある名札は昔と変わらず、過ぎ去った夏の日々に友人と調べたものでした。コロラドモミ、ヒマラヤスギ、キササゲ、ヒノキ、マンシュウカエデ、セイヨウシデ。私はふたたび木々の名前を口の中で味わってみました。

日陰になっている巨石の傍にセイヨウシデが立っていました。腰がまた痛み出したので、その脇にある背もたれのない木のベンチに私は座りました。木の幹は絹のような光沢があり、落ち着いた白い輝きを放っていました。生がもたらす最高の無のひとときでした。でも、その時間は数分ももちませんでした。ベンチの片端に誰かが腰かけてきたのです。私が悩ましく思っていると、坊主頭の男性が私を一瞥して、こう言いました。

「この年になると何度も足を休ませないといけませんねえ」

男性は黒いスーツに白いシャツを着て、ネクタイを締めていました。その格好は公園の散歩というよりも、これから葬式か博士論文発表会にでも行くようでした。

「まあ、そうですね」

私はそっけなく答えたのに、男性はさらに話しかけてきました。

「あなたも自然哲学協会の会議にいらっしゃったんですか?」

「私はツツジを見にきたんです。そんな協会、聞いたことありません」

「あなたもご存じでしょうけれど、ツツジやアザレアは有毒なんですよ。非常に強い毒を持っています」

「へえ、そうなんですか？」

花屋である私はもちろん知っていましたが、話したくありませんでした。私は一人になって、聞き取れない音に耳を澄ましていたかったのです。

「カルマの花です」

男性が言いました。

「カルマの花ですよ」

私は男性をまじまじと見ました。私は気分がそがれてしまいました。男性は見た目がいっぷう変わっていました。肌は緑といってもいいほど青白く、恐ろしいくらいに痩せ細っていました。指もあまりに長くアスパラガスの茎のようで、その指の動かし方を見ていると、関節が一つもないように見えました。

「でも、見ていてとてもきれいですよ」

私は軽く言いました。

「そうですね。すぐれて美しい花は毒性も強いものです。なぜか。そこが重要な問いです。そういった問いについて私たちは自然哲学協会で話しあっています。ところで、森はいまだかつてないほどに成長していることをご存じですか？　その要因は二酸化炭素です」

「もし本当なら、すばらしいことですね」

「あなたはもしかして『植物の知られざる生』を読んだことがありますか？」

「あいにくですが」

「ぜひご一読ください！　私たちは新メンバーを大歓迎します。集いは一時間後。カフェの二階です。参加は無料です。今日は植物の緩慢さについて話があります」

（たいしたテーマだ）

私は興味が沸いてきて、聞き返しました。

「誰が話をするんですか？」

「私です。私は協会の議長なんです。ぜひ聞きにいらしてください」

男性は一礼して、驚くほど軽やかにすっと背筋を伸ばしながら立ち上がりました。その動きに私はあっけにとられ、ツツジの谷へ続く小道へ戻っていく男性を目で追いました。男性の細い足は折れそうで、おぼつかない足取りでした。自分の講演に誘うために、男性はベンチに座って私に話しかけてきたように思えました。個人的に私でなくても、そこにたまたま座った人なら誰でもよかったのでしょう。私は行くつもりはありませんでした。木々の名前を確かめながら、ヒノキの園からアザレアの山を通り、黄土色の新芽を膨らませている樫の森を抜けて、園内を見終えると、樹木園カフェ近くの十字路に着きました。私は何か飲みたくなりました。

テラス席は、抱擁に夢中になっている若いカップルのほかには誰もいませんでした。太陽は、この日はじめて雲に隠れて、木々の枝は北東から吹いてくる微風になびいていました。午前の喧噪は消えていて、子連れ家族は食事と昼寝をしに家に帰っていました。肌寒くなったので、私はカフェの中に入りました。グラス一杯の水とコーヒーを持って窓際の席について、思いを巡らせました。亡くなった女友達のこと、自分自身ももう長くはないだろうということ。さまざまな思いは穏やかに流れていきました。すると誰かに肩を叩かれたのです。

自然哲学協会の議長が、裸木のようにゆらゆら揺れながら私の席に現れて、こう言いました。

「おや、間に合うようにいらっしゃったんですね。二階のほうへ、さあどうぞ！」

私はコーヒーを持って席を立ち、言われるままに議長の後について杖をつきながら階段を上りました。テラス席に座っていた若いカップルも私たちの後から上ってきました。これから二階で行われることが気になってついてきているのでしょう。もしかしたら、彼らは自然哲学協会の正会員かもしれません。天井が傾いている二階の部屋にはコーヒーテーブルを囲んで数人の男性が座っていました。多くが議長や私のような高齢者でした。

議長が座った席の前には花瓶があり、色とりどりのアザレアが生けてありました。花びらの一帯はバラ色や金色を帯び、奥に向かって豹のような黒い斑点がありました。この「カルマの花」は議長自らが選んだものなのか、私は考えました。花はその場にすばらしく合っていましたし、私の店のショーウィンドウにもよさそうだと思いました。

議長は何の前置きもなく話を始めました。

「私たちは、植物の動きが人間や動物よりも遅いということを知っています。それに私たちは惑わされています。植物の反応の原因が私たちには見えないということが一部にはあるでしょう。これまでに起こったことやこれから起こることとの繋がりも、私たちには見えません。皆さんは蔓性の植物の成長を観察したことがありますか？　苗から十センチか十五センチくらい離れた場所に棒を突きさしてご覧なさい。何が起きるでしょう？　数時間と待たずに植物とその巻きひげが支柱に向かって伸びていくでしょう。たとえ支柱が日陰に立っていたとしてもです。植物は知っているんです。とにかく知っているわけです。しかしどうやって知るのでしょうか？　教えてください！　皆さんがお答えできないように、研究者も答えられないのです。種のことも考えてみてください。翼のある種は、蝶かグライダーのように空を飛びます。よろしいですか、皆さん、翼のある種は意図的に気流を利用しているんです。急降下したり、上昇したり、滑空したりしながら、最適な着地点を探しているわけです」

「くだらない！」

聴衆の中から誰かが声を上げました。その人は他の人と同じように席についてはおらず、後ろの壁にもたれかかっていました。あご鬚を蓄えた、しかめ面の老人は、怒りなのかパーキンソン病なのか頭を小刻みに震わせていました。

「新しい参加者がいらっしゃって嬉しいです！　ですが、皆さんからのご意見は話の後で伺います」

議長は取り乱すこともなく、話を続けました。

「植物が意思決定を自分で行っていることも、私たちは知りません。植物は自ら不適切な状況を避けるために、自ら行動しようとするのです」

するると、議長が注意したにも関わらず、おかまいなしに男性は言いました。

「あなたがお話しになっているのはバイオマスのことです。おわかりですか？」

議長は気にせず話を続けました。

「植物と植物の間に真の思いやりもあります。自分の近縁種にもたっぷり栄養が行き渡るように世話をしているんです。さらに共通の敵について知らせあいます。いつ花を咲かせるのか適切な時期をお互いに連絡しあうのも、害虫を防ぐには別行動するよりも一緒に花を咲かせるほうが賢明だからです。要するに、植物とは人間と同じように複雑な情報を扱うシステムだということです」

「つまり、植物は知的な生物だとおっしゃるわけですか？」

「当然です」

「くだらない！」

男性がふたたび声を上げました。

「私は神経学者です。神経生物学的なあれこれについても知っています。それは単純な適応であって、知能なんかではない。植物には脳もなければ、中枢神経系もありません。それは確かです」

私が樹木園に来たのは、思い出と美しさと亡くなった友人のため、そして自分の生を開花させることに一心になったアザレアとツツジのためでした。講演会への心構えもなく、ましてや植物の能力についての激しい討論を聞くなんて思いもしませんでしたが、自然哲学協会の火花が飛び交う雰囲気に、私は活気づき楽しくなってきていました。

「しかし、知能や心や知識に脳は必要でしょうか？」

議長は男性の反論を受け止めて質問を投げかけ、さらに鋭い口調でこう続けました。

「なぜ必要なのでしょう？　あなたは脳が必要である理由を説明できないでしょう」

「ははあ！」

神経学者は、うろたえた自分を支持してくれる人を探すように数少ない聴衆にちらりと目をやりました。

「皆さん、この人が言ったことを聞きましたか？」

ところが、自然哲学協会の会員の誰からも賛同は得られませんでした。テラス席で二人だけの世界に浸っていた若いカップルも含めた聴衆は、厄介者に不満げな視線を投げかけました。

小声で神経学者に退席を促す年配の男性さえいました。ちょうどその時、議長がこう続けました。

「地球上には植物界ほど強力なものはありません。あなたは人間の中枢神経系についてあれこれご存じでしょうが、植物学や植物の精神的な生活の基本的なことをわかっていません。彼らは学び、記憶します。そして自分自身に目的を設定するんです」

私は耳をそばだてました。「彼ら」？　議長は本当にそう言ったのか？　きっと私の耳が遠くなったのでしょう。

神経学者はこう反論しました。

「植物に目的はありません。オペレーション・マネージメントがないからです」

「あなたは間違っています。生あるところに、心があり、意思があり、努力があります」

「バカバカしい！　あなたの種の話を聞きましたが、恥さらしもいいところです！　無知の人間を惑わすだけです！　種が飛行士、いや模型飛行機でしたか、まさか本気でおっしゃったわけではないでしょう？」

「私は、それを、知っているんです！」

私は、議長の目の前の小さな席に座っていましたので、視界を遮るものは何もありませんでした。議長はますます異色を帯びてきました。最初に公園のベンチで会ったときよりも明らかにさらに細くなっていました。なぜそんなことが可能なのかわかりませんが、議長はもっと成長しなければならなかったのです。議長の頭は嵐に打たれているかのようになびき、天井を擦っていました。講演会の異常な活気が私にはおかしいとすら思えてきました。反論していた神経学者の頭も小刻みに震え、議長が異様に口を開けたり曲げたりするたびに、神経学者は人差し指を力強く左右に振りました。議長の唇はぶるぶる震え、唾で湿っていました。ときおり見えるバラのように赤い喉には斑点があり、それはまるでアザレアの花冠にある黒い斑点のようでした。やがて議長の声は低くなり、勢いが弱まりました。

私は思わず立ち上がりそうになりました。空耳だったかもしれませんが、こんな声が聞こえたのです。

「私たちは、あなたたちよりも前に、ここにいました、私たちは、あなたたちの後も、存在し続けます。私たちの、おかげで、あなたたちは生きている、息をしていられるでしょう。私たちが、許す限り」

「まさか！」

神経学者が言いました。彼にも私と同じ言葉が聞こえたのかもしれません。男性はすっかり怯えているように見えました。

「この協会は一体何ですか？　自然哲学ですか！　揃いも揃って狂ってる！　この協会は法で認められているんですか？　あなたは何らかの反乱を起こそうとしていませんか？　この集まりの目的はそれですか？」

神経学者の発言に聴衆の間でざわめきとどよめきが起こりました。多くが席を立ち、出て行こうとしました。議長は答えていましたが、もはや言葉は聞き取れませんでした。それは言葉ですらなく、枯れ葉の音か、お互いに擦れあう枝の音か、生い茂る梢を渡る風の音でした。

第二十三章　去ったフランチェスコ

たとえ死ぬことがきわめて普通のことだとしても、人間の死は誰にとっても不都合で不自然なことだとつねに感じるものだ。その人が年老いて病気だったとしてもだ。この不条理な経験はどこから来るのか？　なぜ存在している者が存在することをやめることを受け入れることが、こんなにも難しいのか？

「どうしようもありません」

ペイクが言った。

「老女はカーマロカに移っただけです。どうして皆さんはそんなにショックを受けているんですか？」

昨夜、こんな出来事があった。花屋が私のドアをノックしたので、私はドアを開けた。花屋は美しい杖で私の部屋のほぼ向かいにある老女の部屋を無言で示した。そこには何人もの修道女が来ていて、ベッドを覗きこんでいた。私たちが黙って様子を見守っていると、四人の修道女が老女の重たい体を、まるでグッタペルカ人形のように（それはゴム人形で、私が幼かった頃に作られていた）ひょいと頭上に載せ、生気を失った老女を部屋から運び出した。修道女は、ぎらぎらと明るい廊下を足並みを揃えて進んでいった。だらりと垂れた老女の腕にはいくつもの金のブレスレットが下がっており、行進にかすかな伴奏を添えていた。

私のそばを老女が運ばれていくとき、私はその顔に目をやって愕然とした。見なれた顔は、死に至ると知らない人の顔になっていた。老女だということは服やアクセサリーでしかわからなかっただろう。彼女はビロードのスカートとレースのブラウスを着たまま眠っていた。顔は老女というよりも、どんな死人の顔であってもおかしくなかった。自己のないしわの寄った古い仮面をかぶっている。開かれたままの両目はくすんだ二つの石で、死が目の輝きを奪っていた。

修道女たちは廊下を進み、行進するように階段をおりて庭へ出た。他の廊下からも多くの修道女たちが一行に加わった。窓から見えた行列は、樫の並木道を軍隊のように一糸乱れず進んでいく。修道女たちが墓を掘るのかどうか疑問に思ったが、シャベルを持っている修道女の姿は一人もいなかった。一行は、住人が通れない門を出て、亀裂が生じた高速道路を越えて進んでいく。霧が畑にかかって視界を遮るまで、私は一行を追っていた。

住人たちの間で死因について憶測が飛び交った。

「年だったからね。いつ死んでもおかしくない。心臓が止まって、血管が破れて、肝臓が潰れた。寿命だよ」

「誰が気にするんだ」

釣り師がつぶやいた。

「少なくとも私は気になるわ」

盲目の眼科医がきっぱりと言った。

「彼女は言うほど年は取っていなかったわ。私よりもうんと若かったし、年の割にはすこぶる元気だったわ」

「まさか老女が自分に予言した日だったたってことですの?」

常識婦人が言った。

それは私たちにはわからないが、時間はつねに移ろっていることは知っている。托鉢僧の登壇以来、私は講義に参加していない。驚いたことに、参加を怠ったからといって何も起こらなかった。修道女たちは私たちに関心を持たなくなってきたのだ。ときにはスカートの裾を翻しながら歩く姿をまったく見ない日もあるくらいだ。再生された者たちのなかに、無名の人が増えてきた。彼らは熱弁を振るっている。一昨日は、大昔の実演販売者がナノ化粧品や生分解されるクリスマスツリーのオーナメントを宣伝していた。誰が気にするのか？　昨日の講演者はサド侯爵に似た男性で、サドマゾキズムの抗鬱的効果について話していた。

同じく昨日、フランチェスコが消えた。さよならも言わずに。彼のことを私たちは皆、恋しく思っている。

しかし、テスラの鳥によく似た孤独なハトは、毎朝、私の窓辺をちょこちょこ歩いている。テスラが妻と呼んでいたハトだ。

「ハトに何かを尋ねられているみたいだ。クゥークゥーってね」

ある時、私はペイクに言った。

「サンスクリット語です。〝どこ？　どこ？〟って尋ねているんですよ」

他にもさまざまな変化があった。食事時間が定まらなくなり、夕食が午前中になったり、真夜中になったりした。食事はいつも同じみじめなものだった。味がなく、ねっとりとした、小刻みに揺れるゼリーだった。空腹を抑え、生き延びていくためだけに、スプーンですくって食べた。気味が悪すぎて一匙すらも体が受けつけない日々もあった。ゼリーの中で何か小さなものが動いていることに私は気づいていた。色と形の変化が見られるのだ。要するに、生命だ。何もしなければ半透明の塊は動かないが、スプーンを入れると震えだし、濁って黒くなる。そのとき私は皿を脇に寄せ、新たな恐怖に戦くのだった。

常識婦人ですらもう食事を褒めなくなり、黙ったまま自分の食事をぐるぐるとかき回しているだけだ。食事中の雰囲気も暗くなった。住人の多くが部屋から出てこなくなり、食事をとる人も少なくなった。小さなバクーニンは、マニフェストを発表することも、ぴょんぴょん跳びはねることも、「いいぞ！　いいぞ！」と叫ぶこともしない。

「外は完全に壊滅していると思うかね？」

ヒッグス氏が訊いた。

「大地はまったく農作不可能で、水は飲むことができず、空気も吸えないのかね？」

「もちろんですわ。そうでなければわたくしたちはここにはいませんわ」

常識婦人が言った。

「そうは思わんね。我々にそう思わせているだけだ」

「いったい何のためにですの？」

「そこにはいくつもの理由があるでしょうな。彼らは我々にここに留まってほしいんでしょう。我々に寄生しているんですよ。寄生虫は宿主が必要ですからね。あるいは、我々の反応を調べるために我々を騙しているのかもしれん」

「ありえませんわ。わたくしたちはペットです。そして、そのことにわたくしたちは感謝いたしましょう」

常識婦人は強く言い放ったが、声には以前ほどの力強さはなかった。

「まだそんなことを！」

花屋が溜め息をついた。

「ヒッグス氏の言う通りですね。ペーヴェリ山に起きたことは、局地的な災害にすぎません。

おそらく他は何も起こらなかった。破壊の跡は修復されて、テーマパークの観覧車は回り、ダリアは八月になればいつものように咲くでしょう。町に戻れば、すべてが以前と同じだとわかる。パンの配給に長蛇の列をつくり、公園でフェイスルックパーティーが開かれ、地下鉄では物乞いのアコーディオンが周りの雰囲気をぶち壊し、出入り口には引っかけられた尿が幾筋も乾いている。でも私たちは、卑劣な機械のお情けでここにいる」

「フェイスルックじゃねえよ」

釣り師が指摘すると、ヒッグス氏が意地悪くこう言った。

「だからどうした?」

釣り師は顔を赤くして、涙を浮かべていた。彼が泣いているところを私は今まで見たことがなかった。彼は泣くことができるということすら想像もしていなかった。

ホテル・サピエンスは緊迫した空気に包まれつつあった。七月の終わりか八月の初めになると、皆の気持ちは一致していた。盲目の眼科医は八月五日は過ぎたと主張したが、私たちは信じていない。私はまだ一日か二日だと思っている。乳白色の薄暗がりを突き抜けて、もっと白い太陽が輝いている。それは以前よりも大きくなっているように私には見えた。太陽から飛んできている鋭い光線を見れば、霧で保護されていなければ間違いなく失明するだろう。空の観察はずっとしてきたが、こんな光景を見たのは初めてだった。

「これは紅炎ではないですか？」

私はヒッグス氏に尋ねた。

「錯視ですな」

ヒッグス氏が答えた。

「あれは太陽の鞭ですよ。鞭のしなう音が聞こえないんですか？」

狂人が言った。

「皆さん、何を言ってるの？　まさか太陽を直視しているわけではないでしょう？　皆さんも視力を失いたいの？」

盲目の眼科医がまくしたてた。

「アリは元気かい？」

私は、大人の会話を聞いていたサカリに尋ねた。彼が怖がらないように話題を変えたかったのだ。

「アリはまだ叫んでいるかい？」

「叫んでないよ。アリは出ていったから」

「どういうことだい？　いったいアリはどこに行ったんだろう？」

「アリはもういないよ。どこにもいない。巣は空っぽだった。ぼく、耳をすまして探しつくしたもん」

サカリが言った。

「それも電磁パルスのせいですな。太陽活動が活発になったんだ」

ヒッグス氏が推測した。

「ポールシフト！　ポールシフト！」

狂人が叫んだ。

「彼は何を言っているんですの？」

常識婦人がひそひそと話しかけてきた。私の腕をつかんだ彼女の神経は高ぶっているようだった。

「放っておきたまえ」

ヒッグス氏が言うと、サカリがこう言った。

「つまりおじさんは、北が南になって南が北になるって言ってるんだよ」

「狂ってるね」

花屋は溜め息をついた。

「サカリのラジオはどうだい？　聞こえるかい？」

「今はうんともすんともいわない」

サカリはそう言うと、視線を逸らした。私はそれ以上は訊けなかった。

「皆さんは修道女たちに気づきましたか？」

花屋が言った。

「彼女たちがどうかしたんですか？」

「動きがおかしいんですよ。狂ったんじゃないかと私は思いますね。廊下を行ったり来たりする者もいれば、その場でぐるぐる回ったり、ゆらゆら揺れたりする者もいる。それにカチカチカチといった音がするんですよ」

たしかにその通りだ。私自身も、修道女たちのおかしな行動に気がついていた。カチカチという音は、以前よりも大きくなり、速くもなっている。それが耳鳴りにすぎないのか、それともサカリがずっと前から話している震動なのか、私にはわからなかった。

自分の部屋に閉じこもったきりのペイクのことも私は心配だった。ようやく今日姿を現したペイクの袖をつかんで、私は訊いた。

「カーマロカのほうはどうだい？」

「よくありません。文通はもうやめました」

「どうして？」

「それについては話したくありません」

それでもペイクは話してくれた。死んだ娘からもらうメッセージに不快感を覚えるようになったらしい。けなしたり責めたりするようなぶしつけなメッセージを送ってくるという。

「これらのメッセージが本当に娘本人からなのか、私にはもうわかりません。いや、そんなことありえない。私の娘はそんなことは書かない」

「だとすると誰が書いたものだと？」

「ジンとかグノームとか悪い精霊です。私の娘のふりをしている誰か」

「なぜそんなことをするのだろう?」

「不条理は至るところにあります。ここにもあるように」

ペイクに尋ねたいことが一つあったが、できなかった。それほどにペイクは打ちひしがれているように見えた。しかし、無言の質問を察知したのか、ペイクはこう言った。

「あなたは疑っているんでしょう。私は本当に死んだ娘からメッセージを受け取っていたのだろうかって」

「その通りです。ご自身はおかしいと思いませんか?」

ペイクの目は涙に濡れていた。ペイクは何も答えられず首を横に振るだけだった。

第二十四章　ヒンドゥー

あるヒンドゥー教徒で、十五世紀に生きた美しい黒い眉毛の托鉢僧が昨日ここに現れた。彼は講義をせず、ホテル・サピエンスの公園で上演した。ホテル・サピエンスでは重苦しく単調になる一方の日々だっただけに、私たちは男性の舞台を喜んだ。男性はヒンドゥーと呼ばれ、名前は語られなかった。

ヒンドゥーは、私たちの頼みならどんな奇跡も起こす用意ができていると告げた。ただし、一つだけだと言った。

私はヒンドゥーを試したくて尋ねた。

「では、一日で木を種から芽吹かせて、立派な木に成長させることが、あなたにできますか？」

「それには一日も必要ありません。どんな種類の木であれ瞬く間に種から成長させてみせますよ。桜を試してみますか？」

彼は何も載っていない手のひらを差しだし、握りこぶしをつくって、ふたたび開いた。すると、手のひらの上に瑞々しいサクランボが一つ載っていた。

「どうぞ召し上がってください」

私は言われるままに食べてみた。サクランボは甘く熟れており、まさに食べごろで、非の打ち所がなかった。

「では、私に種をください」

ヒンドゥーが言った。私は舌から湿った種をつまみ出した。種にはまだ赤い果肉がわずかに残っていた。ヒンドゥーはそれを私たちの見ている前で乾いた砂の中に隠しながら、低い声で歌うように詩か呪文を唱えた。ヒンドゥーが何を言っているのかは、誰にも理解できなかった。数分後、種を埋めた場所から、小さな芽が顔を出した。芽は伸びて枝分かれし、枝に木の芽が現れ、葉になった。幹はたくましく育ち、梢がざわめいた。木は赤くなった蕾で溢れ、蕾は花になり、かぐわしい匂いが私の鼻をくすぐった。花びらが散って、実が大きくなりだすと、やがて熟れた実の重みで枝がしなった。

常識婦人はうっとりしながら短い溜め息をもらし、花屋は拍手した。

ヒンドゥーは左手でサクランボを摘むと、お辞儀をしながら私に差しだした。匂いを嗅ぐと、サクランボに特有の匂いを感じた。この二つ目のサクランボは、最初のものと見た目も匂いもまったく同じだった。サクランボを齧ると、舌の上で甘酸っぱい味がした。私は実を噛んで飲みこんだ。甘ったるい果汁が口角を赤く染め、私の体に行きわたる。サクランボは、朝食べている看護人たちのパンよりももっと本当の味がした。熟れた実が地面にボタボタ落ちる柔らかい衝突音を、自分の耳で聞いた。季節はすでに変わっていた。木の葉は色づいて、散っていく。葉は花冠の上に重なるように落ちて、大地が落ち葉に覆われていった。私は落ち葉の一枚を拾いあげ、赤くなった葉脈を見て、軽やかな重みを手のひらに感じた。

「どうやってこれをしたんですか?」

私は落ち葉を手にしたまま尋ねた。

「あなたがご自身でなさったんですよ」

ヒンドゥーが答えた。

第二十五章　太陽に踏みだすように

霧が薄れてきた。空には何もない。帆も大波も、金色の大聖堂も揺らぐ塔も見えない。霧の雲が恋しくなるとは思いもよらなかった。しかしそれがなくなってしまった今、私は冷静ではいられない。どんなに脆く端切れ程度であっても、太陽の炎と星々の尖った針から私たちを守ってくれる盾なのだ。今や容赦なく燃えさかる太陽は色を目覚めさせ、影を表に引っ張りだした。湿り気のある熱はからっと乾き、花屋のスパイラルガーデンのハーブの花は干涸びてしまった。木々の葉には、錆のような粉がふき、ぞっとするような赤や黒の斑点で覆われている。風はなく、秋はまだ始まっていないのに、自らの意思で、死のうとしているかのように散っていった。

今朝もいつものように公園の小道を行ったり来たりしていると、自分の影に並んでもう一人の影が現れた。

「ああ、あなた！　あなたがご自分の影を失ってからどうなったのか考えていたんですよ。いったいどうやってあなたは自分の影になったのですか？」

「それは」

と、彼は嫌がることなく話しはじめた。

「私の住んでいる地域で車の販売員の募集をしているビラを目にしたんです。不幸にも、その日の朝はよく晴れてしまいました。地域販売活性マネージャー自らが、駐車場に立っている私に向かってやって来ました。駐車場にはまだ一台の車もなく、眩しい日射しを受けて埃が舞っていました。やがてお互いに挨拶を交わした後、彼は点検ルールの変更や、新車種の販売が厳しいことを話しはじめました。しかし、話の途中で彼の表情が曇りました。彼の不満そうな目は私の足もとに釘付けになっていました。彼自身の真っ黒な影は駐車場に敷かれた砂利にくっきりと輪郭を描いていました。一匹の甲虫が私たちの靴先を通り過ぎ、その震える触角の影が複数の足と歩調を合わせて進んでいきました。私の姿だけが、春の日の眩しい輝きに囲まれていました」

ひどいことを言われるだろうと私は身構えました。

「影のないあなたは何者ですか？　影を売ったのですか？　それとも質に入れたとか？　あなたの言うことを聞かずに影が勝手に逃げだしたんですか？」

「影は用事があって、で、出かけていますが、ま、まもなく、も、戻ります」

私はどもりながら答えていました。

「へええ、そういうことですか」

マネージャーは、意地悪くゆっくりと言いました。私の言葉をさらさら信じていないようでした。

「そこでお待ちください」

マネージャーは強い調子で言うと、オフィスへ消えていきました。上手くはいかないとはわかっていました。

「あいにくですが」

マネージャーは戻ってくると、こう切りだしました。

「募集は打ち切られていました」

それが嘘だと私が知っているのをわかっていながら、彼は嘘をつきました。しかし、これ以上、言葉を交わしても無駄でした。

次の日の朝、銀行のATMで残り最後の二十ユーロを引き出していると、仕切り壁に立っている私の影に気がつきました。

「そこにいたのか。昨日、お前のせいで窮地に立ったんだぞ。恥ずかしいとは思わないのか?」

驚いたことに、影は言葉を使って私に答えたのです。影にふさわしく囁き声でしたが、はっきりと聞き取れました。

「悪かったよ。行くところがあってさ」

「影に行くところがあるなんて前代未聞だ。もちろんやって来る影も聞いたことはないが」

「影だってたまには休みをもらうべきだね」

「休みは終わったんだ。さあ、日課に戻ろう」

「待ってくれよ」

影は溜め息をつきました。

「オレは今の状況にうんざりしてるんだ」

「誰にだって悩みはある」

私は冷たく言い放ちました。

「そりゃそうさ。あんたも悩みだらけだろう。借金に女に酒に溺れて仕事なし」

「プライベートなことだ。君には関係ない」

私は感情的になりはじめました。

「無関係でありたいよ。だが、否が応でも影という立場にいると、見えてくるし、聞こえてくるんだ。あんたについて回って、動きをいちいち真似るのは、まったく意味がない。だから少し距離を置いたってわけさ。そこで一つ提案なんだが」

「聞かせてもらおう」

「一部を交換しないか」

影が囁きました。

「どうやって？」

私は笑わずにはいられませんでした。

「君は、私が自分の影になれと言うのか？　つまり君の影と言うほうが正しいのか」

「そうすればあんたは楽になるだろうと思って。率直に言わせてもらうと、あんたは人間である価値がない。あんたは夢を見て、だらだらしているだけの人だ。行動に移す人じゃない。ろくでなし、とドイツ人なら言うだろう。ちょうどよくあんたは小さなミスをした！　要するに罠にはまったってことさ。これまでのクイックローンはどうだ？　あんたは仕事に興味がない。それは明らかだ。恋愛運もない。人として成功しない。オレが人間という種の重荷から解放してあげよう。さあ、影の濃い集団に入って、チャンスをつかんでくださいよ！」

「それで、君が私の荷物を背負うというのか？」

「オレにはいろんな考えがあるんだ」

　影は口を濁しました。

「オレは行く、そして行う」

「君は、人間はしたいことができると思っているようだが、間違いだぞ！　私たちは、何をするのか考えることになるんだぞ」

「返事は？」

影は待ちきれない様子で囁きました。

驚いたことに私はこう答えていました。

「条件が一つある。私も自分の行きたいところを歩けるということ。君は私の一部を、私は君の一部をもらうが、決して共に生きることはない。影のない生活がどんなものか君も経験するがいい」

「それで手を打とう！」

影が囁きました。

影が言い終えるのを待たずに、私は自分が薄くなって変わってゆくのを感じていました。私の中にあった肉は溶けだし、骨は柔らかくなり、血は冷たくなっていきました。手足は闇に滑るように流れだし、大気や気温や重力を感じなくなったのです。一瞬にして、人間を人間たらしめている物質という次元を失いました。私から肉の重荷がなくなり、一方で私の影は喜んで重荷を背負ったのです。

つい昨日までは私は影のない男でした。今の私は男のいない影になりました。

このような変身を心地よく感じたことに、私は驚いていました。私は今、平らな二次元でしかありません。銀行の仕切り壁では私の一部は垂直になり、足は道路で折れ曲がって水平になりました。

自分が暗くなるにつれ、私の元影は大きくなり、明るく輝きだして、肉付いていきました。そして、私のたるんだ体や、薄くなった髪や、やぼったい服を纏いました。

影はこの重荷をいかにして背負うというのでしょう！

「じゃ！」

元影が両手を軽やかに振りながら大通りへ曲がっていきました。私の外套を着て、私の妻が編んだ縞模様のマフラーを西風になびかせて。私に残ったのはマフラーの影だけで、以来ずっとそれは影となった私の首に巻きついています。

自信に満ち、勝ち誇ったように、意気揚々と、しかし、影を持たずに、さもずっと暮らしてきたみたいに、元影は人間の世界へ踏みだしました。その姿を見ながら、私は古いメーデーの歌を思いだしました。

太陽に踏みだすように

あなたがたの道へ
王さまのように
あなたがたの国へ！

元影が日射しの降り注ぐ道を進んでいくのを私は見ていました。やがて人混みに消え、見えなくなりました。あんなふうに人間は生きるべきなんだ！　そう思いましたが、私にはそれができなかった。

それ以降、私は元影を見かけることはありません。自分の運命に呑まれてしまうがいい！彼は私の借金を返し、家賃を支払い、私よりも妻を幸せにしたことでしょう。しかし私にはもはや関係のないことです。私は種を変えました。私は人間性を捨て、行きたいところに行っています。私は行為者ではなく目撃者となり、観客側に回ったのです。目を凝らし、耳を澄まし、観察することが、私の楽しみとなりました。私は自分の新しい一部にすぐに慣れ、気に入りました。二次元に移ったことでもたらされた、陽気とも言える軽やかさを、私は想像していませんでした。もちろん、美食や肉体的な悦びといった多くの物質的な恩恵を諦めることになりましたが、そういった人間的な娯楽への欲望も同時に失われた今となっては、どうでもよかったのです。嗜癖や腹痛に何度も悩まされることもなく、不快な思いや嫉妬や悲しみから救われました。私はもう何も所有していません。肉体すらありません。誰に借りがあるわけでもない。あらゆる責任から逃れた影であることが、私にとってますます幸せなことに思えました。物事の進行に影響は及ぼせません。私はただ出来事が進んでいくのを見守るだけです。しかし、人間として私は影響を及ぼしていたでしょうか？　私が見たところ、人間の多くは私たち影と比較的同じ人生を送っています。違うのは、人間は出来事の流れを変えることができると思っていることです。

私は住む必要もなく、食べたり飲んだりする必要もありません。必要なら、どんなに厳しい氷点下の冬でも外で平気でいられます。私は傷つきません。病に倒れることも、燃やされることも、洪水で溺れることもありません。影も老いて死ぬのか、私にはまだわかりません。むしろ私は、遅かれ早かれ色褪せて、さらに不確かになっていくと思います。そうして時が来たら、私はもはや周りと区別がつかなくなるでしょう。

私は目に見えない証人です。それは賞賛すべきことだと思っていただきたい。かつてこの世に生まれた人間という種が不思議でなりません。人間として生きていた時は、私と同じ人間にはまるで興味がありませんでした。影となった今、傍観者として彼らを観察するのが楽しみです。少し注意を払って観察すれば、彼らが何を考えているのかまでも聞こえてきます。そうやって自分と彼らの行為の記憶を感じているのです。

私がなぜここに皆さんと一緒にいるのか不思議に思うでしょうね。ここでは影は行きたくないところへ無理に追いだされることはありません。最初は好奇心からここに残っていましたが、今は愛着に似た慣れから皆さんのところに留まっています。皆さんを見ていると、人間は、どんな状況であっても順応するものだと思わずにはいられません。ここホテル・サピエンスですらうまく生きているのだから」

そしてふたたび影は姿を消した。

ホテル・サピエンスの階段の前で砂と一緒に落ち葉が舞う。落ち葉は、精霊が宿っているかのように踊り、その影も踊っていた。そのうちの黒い斑点がついた黄色い葉を目で追った。強風が止んで、はらはら舞っているこの一枚がどこへたどり着くのか私に予想できるだろうか。葉は何も選ばない。気まぐれな状況に踊らされているだけだ。カオスの数学は知っていても、その着地点は計れないし、他の選択肢もわからない。

私自身はまだ選んでいる。ここホテル・サピエンスで選択することはあまりないが。選択肢は減る一方だ。

本当のことについて知りたいと思う気持ちも薄れてきた。人間へ成長するというのは、想像が大きくなるということだ。私たちは何を想像したのか？　それは、私たちが現実と呼ぶものだ。

第二十六章　もう一つの場所

　夜は一日のなかで四番目にやってくるものではない。夜はもう一つの場所だ。夜の習慣や法則や位置づけは昼とは別のものである。夜の帳が降りる時、それは太陽から遠くにある新しい景色に変わるということだ。深い空が私を覆うように包みこむ。真実や無限といったすべてがそうであるように私はそれが怖い。

　一番星が現れる夜には、私は若い頃を思い出して、自分のことを不思議に思う。なぜ私は自分の貴重な時間を、儚い一瞬を調べることに費やしたのか。なぜもっと永続的な、雲の向こう側にあるものを学ばなかったのか。

　夜ごと、私たちは外から聞こえてくる衝突音や打音で目が覚める。窓辺や屋根やゴミ箱の蓋や石階段に、柔らかい包みが落ちてくるような音がする。それは悲しい音だ。何の音なのか誰もがすでに知っているのに、それに対して何ができるのか知る人はいない。住人たちは背を向けてふたたび眠りに就こうとする。朝には、羽毛に包まれた死体が庭を埋めつくすように横たわっている。嘴《くちばし》は色を失くし、翼の先端は折れ、丸く反った胸には血が流れている。一種類のときもあれば、スズメ、カケス、シジュウカラ、ホシムクドリ、ニシコクマルガラスなど何種類も見かけるときもある。大きな鳥、小さな鳥、中くらいの鳥、渡り鳥、留鳥《りゅうちょう》。なぜ鳥たちがこんなふうに落ちてくるのか私たちにはわからない。人間のせいなのだろうか。それとも自然と呼ばれる所為なのか。

鳥よ、翼を羽ばたかせることなく、私たちのもとから去ることなく、私たちの足もとにぐったりと倒れながら、私たちを置いていくのか。鳥のいない春がこれからも訪れるというのか？それはどんな春だと言うのだろう？

今夜のホテル・サピエンスは奈落の底にある。苦しい夢を見て私は目を覚ました。もしくは、看護人たちの小さな鏡たちの反射のせいかもしれない。鏡たちは、毎晩、眠っている者たちの夢を記録するために部屋を巡回している。私は不安に駆られて部屋を出ると、ペイクとヒッグス氏のドアの下から明かりが漏れていることに気づいて、ドアをノックした。

「どうぞ！　夜の見回りにようこそ！」

ペイクが言った。

部屋には男性が三人いた。私と同じ眠れない人たちばかりで、三人目は一一一号室の狂人だった。

「なぜ眠れないのかね？」

ヒッグス氏が訊いた。

「妙な夢を見て。その夢を繰り返し見るようになって。もしくは、忘れられなくなったのかな。異邦人で埋めつくされた世界の夢を見たんです。異邦人は人間でも動物でもありませんでした」

「それをあなたは夢だと思っているんですね」

狂人が訊いた。

「私は起きていてもわけのわからないものが見えますよ。どんな知識も、これまで学んだどんなことも、私が見たものを説明できないのです」

「いったい何を見たんですか?」

「いいかげん皆さんも気づくべきですよ」

「何のことか私にはわかりません」

ペイクが言った。

「それらは私たちの上空を昼も夜も滑るように飛んでいます。どんな力でそれらが運ばれているのか誰にもわかりません。時計たちも今、それらを恐れていま す。恐れるということをようやく学んだのです。時計たちを作ったのは私たちです。私たちの意図とは違うものになりましたが。でも、あれは私たちが作ったものではありません。私たちにはできませんし、できることなんてないでしょう」

「いったい何のことかね?」

ヒッグス氏が訊いた。

「飛行隊ですよ。行ったり来たりしているでしょう。でも見るのは危険です。見れば、皆さんの居場所が知られてしまいますからね。しかし、見ずにはいられないでしょう。私は、飛行隊が音もなく着陸するのを目撃しました。まるでコウモリが地面に近づくようにおりてきて、そこにゆらゆら揺れながら留まっていました。その中から大地に向かってまっしぐらに何かが飛びだしてきたんです。大地が水でできているかのように、それらは大地の内部へ沈み、跡形もなく消えました。彼らが乗ってきた飛行船はサッカー場ほどもあって、私の上空でゆらゆら揺れて、天頂を覆っていました。船は透明になり、次第に小さくなって、姿を消しました。夜空には輪が浮かんでいました。それはとてつもなく大きな輝く輪で、その穴の向こうにもう一つの天と大地が見えました」

狂人の支離滅裂な話に私はぞくっとした。私が若い頃に見て、ようやく忘れかけていた空の光景に似ていたからだ。そんな狂人の話をヒッグス氏はひそかにあざ笑っていた。私は狂人と同じように見られたくなくて、この思い出については触れないでおいた。

「私はホテル・サピエンスの庭で醜い人形のような小さな生き物を見たことがあります。おぼつかない足取りで私の後をつけてきました。そして、子どもの声でこう繰り返したのです。「友だち、友だち、友だち」私は施設の中へ逃げましたが、声はかすかながらもずっと聞こえるのです。「私を覚えていてね！」「私を覚えていてね！」その声は朝まで続きました。私は逃げるべきではなかったのでしょうか、皆さん？　異邦人に振り向いて、向きあうべきだったのでしょうか？」

私たちはじっと黙っていた。答えが見つからなかったのだ。

「次から次へとやって来る！」

狂人はそう言って、溜め息をついた。

「最初は私たち、今は時計ども、その後にはまたまったく新しい者たちが来る。終わりはないんです」

第二十七章　脱帽！

日が暮れる少し前、炎天の日射しがやわらいだ頃、サカリがホテル・サピエンスの屋上に上ろうと誘ってきた。

「なんのために？」

私が尋ねると、サカリはこう答えた。

「地球旗のためだよ。ホテル・サピエンスの屋上ではためいてほしいんだ」

「それはいいね。美しい旗だからね。でも、屋上には竿らしきものはないよ」

「煙突があるよ。そこにつけられない？」

「やってみよう。煙突には崩れているところがあるから難しいけどね」

公園に落ちていた枝切れを探してきて、旗の端を枝にぐるりと巻いた。しかし、糸も針もないのに、旗をどうやってつけたらいいのか。

常識婦人が私たちを見かけて、進んで加勢しにやって来た。

「わたくしはいつもいざという時のために安全ピンを持ち歩いているんですの。いつも！　賢いでしょ。いつ必要になるかわかりませんものね」

常識婦人の言うことは大体いつも正しい。

「ぼくが先に行くよ」

そう言ったサカリはすでにはしゃいだ様子で駆けだしていた。

旗を肩にかけ、サカリについて私は鉄骨階段を上りはじめた。階段は、ホテル・サピエンスの苔むした煉瓦屋根へ続いている。今日は修道女たちを見かけなかったが、屋根の端からちらりと見下ろすと、庭にかなりの人数がいた。彼女たちを見かけないときはどこに行っているのか、そもそもどこかに行っているのか、見当もつかない。サカリと旗を揚げようとしていることに修道女たちは気づいて、表に出てきていたのだ。警報が鳴ったのだろうか？　看護人たちに措置するように言われたのだろうか？　いや、そんなことは不要だ。一人が知っていることは、もう一人もすでに知っていることになる。修道女の一人が下におりてくるように手招きしている。しかし、サカリは従わなかった。というより、修道女たちにすら気づいていなかった。私は意気揚々と屋根の棟に向かって上りつづけた。

ふたたび下を見下ろすと、庭は修道女たちで埋め尽くされんばかりだった。ホテル・サピエンスのいったいどこにこんなにたくさんの修道女たちがいたのか。とんでもない数に私はおかしくなった。おそらく必要とあれば複製するか、自動的に分裂するのだろう。修道女たちは混乱状態に陥っていた。なんと無力に見えることか！　一人も私たちを追って上ってこようとはしなかった。まず上ることすら彼女たちにはできない。足というものがおそらくないのだ。少なくとも私は目にしたことがない。

サカリはもう煙突に着いていたが、私はいくぶん疲れはじめていた。屋根の煉瓦は、指が火傷するほど日中の熱が冷めておらず、苔は乾いて粉々になっていた。私は枝切れと旗を左脇にしっかりと挟んでいたものの、時々、落としそうになった。下を見ると目眩がした。こちらを見上げる修道女たちの顔は、以前と変わらず冷たく無表情だった。修道女たちの集団から落ち着きのない虫たちの群れのようなざわめきが聞こえた。

「ねえ、早く旗を持ってきて！」

サカリに言われて、旗揚げの仕事に同意したことを悔やみながら、屋上のなだらかな部分を四つん這いで進んだ。半ば崩れた煙突までたどり着いたとき、錆びついた鉄棒が何本か固定されていることに気づいてほっとした。煤掃除の足がかりとして、昔につけられたものだろう。そこに旗をつければ支えやすい。サカリは鉄棒で挟むようにして地球旗を押しこんで、仕事は完了した。黒い旗が太陽と月と大地とともにホテル・サピエンスの屋上に掲げられた。しかし、風がなく、旗はだらりと垂れ下がり、模様の見分けがつかなくて、私はもどかしかった。これではせっかくの旗がみっともない雑巾にしか見えない。

煙突につかまると、目眩が和らいだ。私は初めて裸の木々と壁の向こうを目にした。そこにはかつてネオンが星を隠してしまうほど眩しく輝いていた町があった。まさに闇に沈もうとしている大地の地平線が金色の波のように輝く特別な瞬間があった。

私は目を細めて町を見下ろすと、ちらちらと輝く光、あるいは炎が見えたような気がした。光の中には動いているのものもあった。おそらく自転車か車だろう。じっと動かないものもあったが、街灯か窓の照明だろう。ああ、光は次々に生まれて、一区画ごとに輝きを増していく。煙突につかまって立ち上がると、巨大な盆に置かれているかのような町がよりいっそう近くに見えた。それはまるで親切な精霊が家や道路や住人と一緒にホテル・サピエンスと私に向かって盆を傾けたようだった。私は、石畳や店の看板や通行人の顔や帽子やワンピースの柄といった細部を頭に入れておこうとした。

すべてがそうあるべき昔のままだった。電車と旅行者のいる鉄道駅、クレーンのある港、観覧車、墓地、劇場、寺院、カフェ、会計事務所、銀行、クリーニング店、学校、病院、刑務所、スーパーマーケット、ガソリンスタンドの幟《のぼり》。町は光で溢れて、町の住人は忙しそうだった。私たちは騙されたのだろうか？　町では、昔と同じように、売ったり、買ったり、交換したり、食べたり、飲んだり、楽しんだり、汚したり、洗ったり、教えたり、罰したり、世話をしたりしていた。人々はそれぞれの人生を生き、それぞれがそれぞれの運命を持ちながらも、同じものを分かちあっていた。

私はそこに戻りたいのか？　私にはもうわからない。そこでは私はよそ者だろう。私のことを覚えている人など誰もいないだろう。私の家はホテル・サピエンスなのだ。ここに私は心臓が鼓動を忘れるまで留まるだろう。

しかしそれでも私は見つづけた。犬を散歩している男性がいる。大きなもじゃもじゃ頭の犬は、耳をだらりと垂らして、重たい足取りでのそのそと歩いていた。その犬は私のイロだと思いたかった。もうずいぶん前に死んだはずなのに、そう思えてならなかった。ホテル・サピエンスの公園は焼け焦げたように干涸びていた。涙に濡れた私の目に、町は雨に濡れて洗われたばかりのように輝いて見えた。石畳や銅像や鉄道レールやアンテナが銀色に輝いている。ショーウィンドウの煌めきに誘われて通行人たちが立ち止まる。今は昼なのか、それとも星降る夜なのかわからなかった。

「見てごらん！」

私はうっとりしながらサカリに言った。

「何を？」

サカリが聞き返す。

何もない、何もないのだ。ふたたび町を振り向いた時には、犬も町も見えなかった。そこにあったのは、影を落とした谷だった。私の思い出の光が一瞬、輝いただけだったのだ。

町は荒廃していたが、ホテル・サピエンスの住人たちは庭でパーティーが開かれるかのように表へ出てきた。担架も表に運びだされた。不治の病と呼ばれている患者の担架だ。患者の体は包帯にしっかりと巻かれて、まるでミイラか昆虫の繭を思わせた。しかし、目は生きていた。二つの目は、他の住人と同じように地球の旗があるほうを向いていた。ついにどこかから風が吹き、旗がはらりと翻ったからだ。黄昏の輝きの中で、住人たちは太陽と月と大地を目にすることだろう。

囚人のように、あるいはジャンヌ・ダルクのように頭を刈られ、かつて道の不必要性について発言した少女が、か細い両手で拍手をした。

「いったいどうしたの？」

盲目の眼科医が知りたがった。

「サカリの旗ですよ」

誰かが答えた。

「それが今、屋上に揚がっていましてね。風にわずかにはためいてもいます」

「いいぞ！　いいぞ！」

小さなバクーニンが繰り返し声を上げた。

おびただしい数の影が周りで蠢いて、なじみの影を見分けることはできなかった。しかし、何かが起こる場所にあの影がいつもいたように、ここにもいると私は確信していた。どこに隠れていたのか、再生された者も二人ほど戻ってきていた。一人はテスラで、ハトがすぐさま飛んでいき、彼の耳元で鳴いていた。もう一人はデカルトだ。大きな鼻と白い襟にかかる、よく手入れされた巻き毛ですぐにわかった。修道女たちは密集して機械音を発し、白黒の駒か大輪の花のようにぐるぐる回り続けていた。

室内でも毛皮の帽子をかぶって歩いている失礼な老人が、のそのそと最後に外に出てきた。

「脱帽！」

狂人が失礼な老人に声を上げた。

地球の旗ははためきはじめていた。濃くなっていく夜の影を背に翻る。旗を見上げた老人は、急いで言われた通り帽子を取った。帽子を取った姿を私は初めて見た。はげ頭が日没の輝きを浴びて照っていた。

老人は兵士のように姿勢を正し、こめかみに手を上げて敬礼した。その通り！　それはホテル・サピエンスの唯一の旗であり、皆の旗でもあり、看護人たちや修道女たち、アリやハトの旗でもあるのだ。敬礼し、帽子を取ろう。それは昼と夜の旗で、あらゆる地上の生命の旗なのだから。

足どりも軽く、レーナへ

レーナ・クルーンの作品を初めて知ったのは、フィンランドのタンペレ大学時代だった。試験の課題図書の一冊で、昆虫世界を訪れた「私」から「あなた」宛に二十八通の手紙が届く『タイナロン』を読んだ。私は、共通の詩人を介してレーナと会った。待ち合わせ場所は、ヘルシンキのアカデミア書店に併設されているカフェ・アアルトだった。ささやくような小さな声、慈しむような青い眼差し、控えめで知的なほほ笑みは、彼女をひときわ美しく見せた。出会うまでに私たちは何通も手紙をやりとりしていた。その中で『タイナロン』の邦訳が出るまでの思いのすべてを私はレーナに書き綴り、それらを彼女は大事にとってくれていた。

「今度ね、エッセイ集が出るのよ。その一章にあなたとの手紙のやりとりのことを書いたの」

そう言うと、レーナはカフェでエッセイを見せてくれた。タイトルは「足どりも軽く、ヒロコより」だった。

ドイツ系フィンランド人のクルーン一族には学者や芸術家が多い。フィンランドの国民的叙事詩『カレワラ』の研究者もいるし、映画監督もいる。レーナは、芸術評論家として活躍したアルフ・クルーンの次女として生まれ、姉に画家のイナリ・クルーンがいる。彼女の本の挿絵はイナリが手がけることが多い。それらの絵には、二人の幼少時代の風景である群島や海や動植物が神秘的に描かれ、まるで詩のようだ。描かれたものはリアルなのに、伝わってくるものは目に見えない何かなのだ。それはレーナの内なる世界を証明しているようにも見える。だが、それは彼女だけの世界ではなく、私たちの心の深いところをも動かすのだ。

レーナには、子どもの純粋で明晰な視点がある。今まで気づこうとしなかったものに目を向けさせる眼差しがある。見え方も在り方もみんなそれぞれ違っている。だからこそ、みんなと共有しているものを大事にしたい、という思いが彼女の言葉を通して伝わってくる。十数年前の来日講演で、人の行いは自分とは無関係ではない、とレーナは言った。人が与える意義も担う意味も小さくないのだ、と。「私とは私たちである」という彼女の言葉が忘れられなくて、私は訳し続けてきた。そうして二十年が経ち、この作品で十冊目になった。レーナの言葉は、どんなときも私の心に寄り添っている。

刊行にあたり、西村書店のみなさまにはたくさんお力をいただいた。この場を借りて、お礼を申し上げたい。

二〇一八年夏　　　　末延弘子

レーナ・クルーン（Leena Krohn）
1947 年生まれ。フィンランドの作家。小説、児童書、絵本などを手がけ、環境問題や世界情勢といった社会問題に関する意見も精力的に発信している。フィンランド最大の文学賞であるフィンランディア賞やトペリウス賞、芸術家に贈られる最高位勲章など多数受賞。代表作『タイナロン』は 2005 年、アメリカの世界幻想文学大賞候補作に、『蜜蜂の館』は北欧閣僚評議会文学賞候補作に選ばれる。2015 年にアメリカで刊行された『Collected Fiction（レーナ・クルーン小説選集）』で再び世界幻想文学大賞候補作となった。

末延弘子（すえのぶ・ひろこ）
1975 年生まれ。東海大学北欧文学科卒業、国立タンペレ大学フィンランド文学専攻修士課程修了。フィンランド文学情報センター（FILI）勤務。白百合女子大学非常勤講師。フィンランド文学協会、カレワラ協会会員。イタランタ『水の継承者ノリア』、『織られた町の罠』（ともに西村書店）、クルーン、ノポラ姉妹、パルヴェラなどフィンランド現代文学の訳書多数。著書に絵本『とりのうた』。2007 年度フィンランド政府外国人翻訳家賞受賞。

人間たちの庭　ホテル・サピエンス

2018 年 9 月 8 日　初版第 1 刷発行

著　者　レーナ・クルーン
訳　者　末延弘子
発行人　西村正徳
発行所　西村書店　東京出版編集部
〒 102-0071 東京都千代田区富士見 2-4-6
Tel.03-3239-7671　Fax.03-3239-7622
www.nishimurashoten.co.jp
印　刷　三報社印刷株式会社
製　本　株式会社難波製本

ISBN978-4-89